ハヤカワ文庫SF
〈SF2428〉

宇宙英雄ローダン・シリーズ〈704〉

サトラングの隠者

クラーク・ダールトン＆エルンスト・ヴルチェク
鵜田良江訳

早川書房
9016

PERRY RHODAN

DER EREMIT VON SATRANG

EIN TROPFEN EWIGKEIT

by

Clark Darlton

Ernst Vlcek

Translated by

Yoshie Uda

First published 2024 in Japan by

HAYAKAWA PUBLISHING, INC.

This book is published in Japan by

arrangement with

PABEL-MOEWIG VERLAG KG

through JAPAN UNI AGENCY, INC., TOKYO.

目次

サトラングの隠者

サトラングの隠者

クラーク・ダールトン

登場人物

ペリー・ローダン…………………銀河系船団最高指揮官

レジナルド・ブル（ブリー）……《シマロン》指揮官

グッキー…………………………ネズミ＝ビーバー

ラス・ツバイ……………………テレポーター

ショルシュ………………………サトラングの住民。グラド。監督者

ビクスビー………………………同。テラナー。防御砦要員

隠者………………………………同。救難信号を発した謎の人物

1

　またしても、あの悪名高いネズミ＝ビーバーの独断行動である。グッキーは、だれにもそうと明確に告げることなく、レジナルド・ブルの宇宙船《シマロン》をテレポーテーションではなれたのであった。黄色の恒星ヘロスの第二惑星、サトラングの地表へと赴くために。

　ペリー・ローダンにそれを伝えたのは、ラス・ツバイだった。隔離された故郷銀河に向かう第一回めの突入が失敗に終わり、銀河系船団が撤退中のことである。

　いまなお〝狂気のバリア〟現象の理論的な説明はついていない。だが、ひとつだけは確実だった。突破は不可能ということ。

　ローダンは自室キャビンのシートをさししめした。

「すわってくれ、ラス。ちびがまた独断行動をしたのだな？　驚くことではないが。

〝サトラングの隠者〟を名乗る未知者の住む惑星には、〝メッセージを発信する自動ステーションがある。イルトはそれが気になったのだろう」

「せめてひとこと、いってくれれば」ツバイは不満げだった。

「たしかにな。だが、明らかに自動送信だったメッセージは、みじかい……生中継らしきものに変わっただろう。死にゆく者はわれわれに助けをもとめていた」

「そうですね。あの謎の隠者は、奪われ、死に定められていた。しかし、なにを奪われたんでしょう？　くりひろげているのはどんな戦いで、だれを相手にしているのか。この何百年もがむだになったという言葉は、なにを意味していたのか」

「ラス、わたしには答えられない問いだ。だからグッキーの行動は理解できる。大歓迎とはいかないがね。できるだけ早くイルトを追うべきだ」

いま、突破できぬバリアとの距離は五百光年である。ここならば危険な作用はあらわれない。それは故郷銀河を隔離した〝闇の支配者〟との戦いを呼びかける隠者のメッセージでも示唆《しさ》されていた。

「性急にサトラングを去り、探知を逃れた物体の正体がわかればいいのですが。未知エンジンを積んだ宇宙船でしょうか。隠者の話していた掠奪と関係があるのか？」

レジナルド・ブルがインターカムで通知してくる。

「くりかえしになりますが、サトラングの周回軌道で待機中の宇宙船は、ほとんどが残骸、すくなくとも乗員のいない飛行体ですよ。大陸に技術施設があるのはまちがいなく確認できました。すみませんが、それ以上はわかりませんね」

「あとはわれわれでひきうけよう。できるだけ早くグッキーを追うつもりだ。こちらで見つけられずとも、ちびのほうで見つけてくれるだろう」

「その気があれば、ですが」と、ブル。「グッキーのやつ、この未知世界の事情がもうすこしわかるまで、待てなかったんですかね？」

ローダンは答えず、サトラングの生存条件をたずねたのみ。ラス・ツバイと装備をととのえ、ネズミ＝ビーバーの不可視のシュプールを追う。目的地に疑いの余地はない。テレポーターとともに、ローダンは非実体化した。

＊

イルトはよくわかっていた。《シマロン》を許可なく去れば、大目玉をくらうはずだ。とはいえ、何百年もたつうちに面《つら》の毛皮は厚くなっていたし、好奇心はかれのとびきりの長所なのだ。

だが、独断行動のほんとうの理由は、知生体が死の危機に瀕しているという事実だった。ところが最後の送信が沈黙して以来、発信源を探るのは不可能になっている。

グッキーは南方の大陸の上空で再実体化し、テレキネシスと短距離テレポーテーションで降下していく。目的地はひろびろとした居住区域。病院か宿舎を思わせる大小の建物がある。感じられるのは意味のない思考の断片が入り混じったものばかりだ。

強力な送信機、あるいはそれに似たなにかは発見できなかった。すでに沈黙した送信機は強力だったはずだ。未知の隠者のメッセージは複数の言語で発せられていたし、到達距離は長大だったのだから。銀河系との境界に接近しないようにという警告であれば、当然であろう。

最後のジャンプで、整備された公園に実体化。敷地内に何棟か低層の建物がある。手入れのいい芝生と、散在する灌木《かんぼく》のあいだを散歩道がはしり、背の高い木々も点々と植えられている。

ここではじめて、イルトは流れこんでくる混乱したメンタル・インパルスに集中した。おだやかな気候と恒星光を味わう、数名の歩行者にも気づく。あちこちのベンチにすわり、一名で、あるいは数名で、くつろいでいる者もいる。

平和な絵だ、とグッキーは驚いた。混乱した思考インパルスにはそぐわない。インパルスはしばしば無視して、視覚で情報を集めようとする。

獅子のようなグラドが二名、両脚を大きくのばし、眠るかのように目を閉じて、ベンチにすわっている。そのすぐ隣りでは、二名のハウリ人が一カルタン人と話していた。かつてこの両種族のあいだに争いがあったことなど、なかったかのように。一マット・

ウィリーまでもがたいらに身をのばし、芝生の上を動いていた。のんびりできる陽あたりのいい場所を探しているのだろう。

テラナーやブルー族、エルトルス人は見あたらない。そもそも故郷銀河に由来する種族がいないのだ。

身をかくそうともしていないのに、イルトに注目する者はいなかった。ただ、ここで休養しているらしき者のうち何名かは、そばを通ると目をあげて、礼儀正しく挨拶をする。

だが、それだけなのだ。ほとんど気にされない。すでに何年も前からここにいるかのように。

グッキーはあいていたベンチに腰かけた。混沌とした思考に集中して、ひとつかふたつ思考パターンを選びだせば、なにか情報が得られるだろう。

だが、思ったよりも複雑な作業になった。

二名のグラドと話しているカルタン人に、メンタルで探りを入れる。インパルスは明瞭だが、ほとんど意味をなしてない。

「ずっと前から電気毛布を手に入れたいと思っているの。われわれカルタン人は寒がりだから。でも、そんなに毛皮が厚いと、わたしよりは暑さに弱いのでしょうね」

頭のネジがたりないらしい、とグッキーはあきれた。だが集中はたもつ。グラドの一名が口を開いた。

「べつの船に衝突して、あの轟音《ごうおん》！　とはいえ、船内に電気毛布はなかったな」

「残念ね」カルタン人はなげいた。「水漏れ穴に詰められたはずなのに」

「水漏れ穴とは、なんのことだ？」もう一名のグラドがたずねる。

「われわれの食堂は雨漏りがするの」カルタン人の説明は、まるで筋がとおっていない。

「床を張り替えるべきよ」

グッキーはあわててメンタル・コンタクトを切った。かすかな疑念が、なかばの確信に変わる。周囲を見やって、マット・ウィリーに目をとめた。恒星の熱をより多く受けとめられるように、巨大なヒラメのごとくたいらになっている。

「恒星がひとつあるのは、ないよりはましですが」と、グッキーのもとに思考インパルスがとどく。「百か二百あるほうが、いいですね」

マット・ウィリー種族の由来を考えれば、筋のとおらない話ではない。イルトはその思考に耳をかたむけた。

「あの呪われた銀河に向かうとは、わたしのポスビはなんとおろかだったのでしょう。だからわたしはここで、頭のおかしな者しかいないところで、隠者の助けを待っているのです」

これはグッキーにとり電撃のようであった。二度の電撃である。第一に、精神を損なった者のサナトリウムにいるのではないか、という疑念が裏づけられたから。そして第二に、巨大ヒラメの思考が隠者に触れたからだ。

二名のグラドと一名のカルタン人のことは頭から追いはらった。この三名は、どのようなネズミの尾の塩漬けが美味いかと、話をはじめたところだった。イルトは立ちあがって芝生を横ぎり、マット・ウィリーのもとへと歩いた。それに気づいた相手は、ものうげなようすでゆがんだネズミ＝ビーバーのかたちに姿を変え、身を起こした。ただ、大きな耳と、ビーバーのたいらなしっぽは欠けている。

「ここにきたばかりのようですね？」マット・ウィリーが完璧なインターコスモでいった。

「そういっていいだろうね、友よ。きみはすこし、正常みたいだ。だから、いくつか質問をしてもいいかな？」

「鳥なき里のコウモリですよ」驚いたことに、マット・ウィリーはそう答えた。「わたしは半分だけ精神に異常をきたしているにすぎません」

「それでもいいよ」ネズミ＝ビーバーは説明を受け入れる。「ここではなにが起きていて、隠者とは何者なんだろう？」

「何者かは、わかりません。知っているのはただ、隠者がいるということだけ。ここの医長のようなものなのでしょう。会ったことはありません」

「きみが知ってるのは、それだけ？」

「日光浴をさせてください」マット・ウィリーがいきなり話題を変えた。たいらなヒラメにもどりはじめる。「ほかのだれかに訊いてください。のんびり休みたいのです。あなたがたはみな、精神をはげしく損なっているのですから」

その思考インパルスまでもがつきてしまう。

次になにをすべきかわからないまま、グッキーはしゃがんだ姿勢から立ちあがった。本来ならば、ジャンプで《シマロン》にもどったほうがいいのだろう。だが、自尊心が許さなかった。もどるとしても、それらしい成果をあげてからだ。くらうはずの大目玉が甘くなるように。とはいえ伝言はのこしてきた。明確ではなかったとはいえ、とにかく……

……とにかく事情はわかりつつある。この惑星は、すくなくともこの大陸の一部は、銀河系をつつむ狂気のバリアを突破しようとした者のための、唯一のサナトリウムだ。差し迫る危険の最初の兆候にして、それと気づいて撤退した乗員は、何度も長時間にわたって突破を試みた者よりも、精神の損傷は軽くすんでいた。こうして〝患者〟の状態の差が生じているのだ。

それで、あの謎の隠者は？　精神を損なった者を助けるために、この巨大な施設を用意したのだろうか。純粋な隣人愛から？　ちがう、とグッキーは考えた。《シマロン》

で受信したあのメッセージ。隠者は味方を必要としていた。銀河系を〝闇の支配者、あるいは勢力〟から解放するために。その敵が、何者であるにせよ。

そしていま、隠者は死に瀕している。

かれは、グッキーは、隠者を見つけなければならない。手遅れになる前に。

＊

ペリー・ローダンは、ラス・ツバイとともに実体化した。遠距離探知で探りあてた居住区域の、べつのエリアに。すると、動きのぎこちないロボットが一体、なんの警告もなく、驚くほど原始的な武器で攻撃してきた。

二メートルの金属巨体はヒューマノイド生物をかすかに想起させるのみ。アームのまるい先端からナイフを出して、回転させながら二名のテラナーに向かってくる。ゆっくりと、だがまちがいなく、殺すつもりで。

「気のきいた歓迎ですね」ツバイがいい、コンビ銃の安全装置をはずす。「なにも聞きだせそうにありませんよ」

「だが、あれをプログラミングした者がいるはずだ」

ロボットとの距離は、あと十メートル。エネルギー・ストックがつきかけているかのように、のろのろと進んでくる。

「何者でしょう？　あの、いわゆる隠者ですか？」

「その可能性はある。もう五メートルしかないぞ」

ツバイはそれ以上躊躇《ちゅうちょ》しなかった。銃口をあげ、ロボットの胸を狙う。エネルギー・ビームが中央制御装置に命中し、破壊。スローモーションのごとく巨体は転倒し、動きをとめた。

すこしはなれて数名のハウリ人がいた。いまの出来ごとを見てはいたが、気にとめていないようだ。一瞬たりと中断せずに話をつづけている。ロボットの破壊など、日常茶《さ》飯事《はんじ》だといわんばかりに。

「かれらから、なにかを聞きだせると思うか？」

「ためすべきです、ペリー。近くにいってみましょう」

ツバイは銃をホルスターにおさめて安全装置をかけた。倒れたロボットのそばをすりぬけ、芝生や池のわきをはしる幅二メートル弱の道を進む。十名ほどのハウリ人に近づいたが、新入りには目もくれずに話をつづけている。

ハンゴル語で話したかと思うと、インターコスモにもどっている。この点では、言葉はあっさりと理解できた。だが、まったく意味をなしていない。話している者全員が、べつべつの演目に出演中で、おぼえこんだ役のセリフを暗唱しているかのようである。

ツバイはローダンをもの問いたげに見た。

「あのいまいましいバリアの被害者でしょうか？」

ローダンはうなずき、

「確実にな。狂気におちいったのだ。何度も長く試みたのだろう。そしてここへ連れてこられた。隠者と名乗る未知者によって。あの者は、狂気を癒やして、故郷銀河を隔離した勢力との戦いに勝利すべくつとめている。徐々に全体像が見えてきたな」

「しかし、あれには」ツバイがひそかにハウリ人のほうをさししめす。「ほとんど意味がありませんよ。それとも、訊いてみますか？」

ローダンは答えず、数歩進んで一ハウリ人に話しかけた。詩を暗唱しているようだ。大げさな抑揚は見逃すべくもない。

「失礼する、友よ。どこで隠者に会えるだろうか」

ハウリ人はふと視線を向けたのみで、暗唱をつづける。この口調からして、荘厳な作品なのだろう。だれに聞かれずとも、みずからの朗誦に没頭していた。

「宇宙滅亡がテーマですね」ツバイは聞きとれたような気がした。

ローダンはテレポーターの腕をとり、わきへ連れだす。

「そしてほかの者は、刻みアロエ入りの即席スープの話をしている。行こう、ここはサナトリウムだ。狂気におちいった者たちのための」

「気の毒ですね。治るように願いますよ。バリアの作用は一時的なものかもしれない。

われわれも感じましたし」

「だが、ごく短時間だけだ。手遅れになる前に撤退した」

二名がいくらか高層の建物に近づくと、奇妙な物体に迎えられた。ロボットだが、ヒューマノイド型ではない。ふたつの太い車輪でほぼ正方形を描いて動きまわっている。二名のテラナーに気づいて、速度を落とした。

武装はしていないようだ。

ツバイがコンビ銃を握る。

奇妙な物体は完璧なインターコスモで挨拶をした。

「永遠の平和の世界へようこそ！」

ローダンは驚いたが、返答した。

「感謝する。われわれ、ここのリーダーを探している。協力してくれるか？」

「サトラングの隠者のことですか？」

ついに！　ローダンとツバイはひそかに安堵の息をついた。はじめての有益なシュプールである！

「まさにそうだ。どこで会える？」

ロボットはアームを一本出し、南をさししめした。アームをおろすと、回転して反対方向をさす。ふたたび回転しながらいった。

「隠者はあまねく存在し、どこにもいません。あの山の上か、渓谷の下か……？　しかし、わたしは行かなければなりません。家臣が助言を待っているのです。では、さらば！」

そういって通りすぎていった。ツバイが見送る。

「なんのことでしょうね？　ネジが一本ゆるんでいるんですよ！」

「一本だけではなかろうな。混乱した者がプログラミングをしたようだ。どうする？」

「あのいたずら坊主はどこにかくれているのか」と、ツバイ。むろん、かれの友、グッキーのことである。「あいつをつかまえたら……！」

「遠い昔と変わらないな」ローダンはテレポーターの言葉に応じず、「またしても単身で大宇宙を救おうとしている。すくなくともわれわれの故郷銀河を。あの建物を見にいこう。管理棟のようだ」

さまざまな種族の患者がいる。かんたんな挨拶はされるが、注目はされない。パジャマに似た着衣の一ハウリ人だけが立ちどまり、きょうの診察は終了したとハンゴル語で告げた。

このハウリ人は、ほかの者よりは正常なようだ。ローダンは袖をつかんだ。

「失礼だが、友よ。われわれ、ここに着いたばかりなのだ。質問に答えてもらえないだろうか」

ハウリ人はローダンの手を慎重に袖からはなした。

「わたしにその権限はありません。規則にしたがって受付をすませてください。診察ののちに居室へ案内されます。滞在がこころよいものとなりますよう、願っております」

ツバイはあきれてハウリ人を見送った。

「なんだあれは。ずいぶん大げさですね。ていねいな話し方も狂気のひとつかもしれません」

「行くぞ。受付をすませよう」

ここにいる患者は、だれもが銀河系に到達しようとして精神を損なったようだ。とはいえ、すくなくとも医師や看護要員は正常なままか、回復しているという、わずかな希望はある。

予想にたがわず、低層の細長い建物が受付センターだった。複数言語の表示板がそうと伝えている。グリーンに光るライン沿いに進むと、〝新規到着患者受付〟に着いた。

「どうしましょうか。患者もあまりいないようですが、ペリー？」

ローダンはちらとツバイを見て、笑みを浮かべた。

「われわれ、必要とあらば、それなりの芝居ができるのではないか？　おろかなふりをして、ようすを見よう」

ツバイが笑みを返し、すぐにまじめな顔にもどる。グリーンに光るラインが古めかしいドアの前で終わり、そこに書かれた文字が目的地に着いたと告げる。

　ローダンはドアを開けて奥に入った。ツバイもあとにつづき、ドアを閉める。

　女カルタン人が目をあげて、この種族なりの微笑を浮かべた。

「新しく到着した方ですか？　名前、宇宙船、出身地、それからバリアのそばにいた時間を聞かせてください」

　筋はとおっているようだ。だが、まだわからない。回復が見こめる軽症なのだろうか、とローダンは考えた。それでも、いや、だからこそ、慎重にいく必要がある。いきなり用件を切りだすのは、避けるべきだ。

「そうだ、きょうここにきた。ほかのみなと同じく、呼びかけられて、したがったのだ。ここサトラングで助力が得られると約束されたのだが」

「だれが約束したのです？」瞬時に問いが返ってくる。

　ローダンは一秒たりともためらわなかった。

「サトラングの隠者のメッセージだ」

　カルタン人はローダンをしげしげと見て、ゆっくりといった。

「われわれの助力が必要、それにまちがいありませんか？　精神を直撃された者のようには見えませんが」

　精神を直撃されていない者は、どうなるのか。どこへ連れていかれるのか？　ローダンは頭をひねった。混乱したふりをしたほうがいいのか、それとも軽症者のふりをすべきなのか。中間の道が最善なのだろう。

迷いは、ごく短時間のみ。

「突入を試みたのは一回だけだ。バリアの恐ろしい作用を感じた。さいわい即座にひきかえしたが、隠者の送信をとらえて、助言を聞き入れ、サトラングに向かうと決めた。それでよろしいか？」

「正しく行動されましたね」カルタン人は爪をかくした前足をコンピュータの光のキイに滑らせ、顔をあげた。

「ブルーの居住ブロック、この近くです。ブルーのシュプールを追ってください。医長には連絡ずみです。おだいじに」

まもなく、二名はふたたび公園にいた。説明されたブルーのラインが前方で光っている。ローダンはそれにしたがっていった。遠からぬ前方、木々や草地のあいだに、ライトブルーに塗られた居住ブロックがある。

狂気の世界にしては、すべてが気味の悪いほどととのっていた。

その理由は、隠者のメッセージから読みとれる。こう語っていたのだ。きたれ、サトラングへ。志を同じくする者とともに、天の川銀河の暴力や横暴と戦うのだ！

夕闇が訪れる前に、二名はブルーの建物に入った。

＊

グッキーはいきあたりばったりに移動し、流れこむ思考の断片から有益なものをとりだそうとしていた。どこかで似たようなことを経験したと、思いだすことはできなかった。

大陸に向かって降下するさいに、気がついていた。居住区域は広大で、細かく分かれている。すべての建物が緑地や公園で隔てられてはいるものの、どこに向かうべきなのか、見きわめるのはむずかしかった。

だれの目もひかずに、患者グループのそばを歩いていく。正常な思考はなにひとつとらえられなかった。不安がつのる。死に定められた隠者があとどれほど生きられるのか、わからないのだ。その病いは、メッセージで語られていた掠奪と関係があるにちがいない。漠とした疑念がイルトのなかでわきあがる。だが、あまりの恐ろしさに、すぐにふたをして忘れようとした。それでも下部意識が急げと駆りたてるのだ。

単身で散歩をする者がやってくる。ロボットだ。だが、人間に近いかたちをし……思考している。

生体ポジトロン脳をそなえたロボット！

ポスビだ！

グッキーはあらたな希望を感じて、近づく者をテレパシーで探った。はじめて、なかば正常な思考をとらえる。断片的で脈絡がないとはいえ。

そのポスビはだれかを探していた。隠者だろうか……？

グッキーはポスビに向かっていき、呼びとめた。

「友よ、ぼかあ、きょうここに着いたばかりで、よくわからないんだ。助けてもらえるかな」

「あるいは、きみがわたしを」ポスビはインターコスモで応じた。「わたしもつい最近、この惑星に着いたばかりなのだ。だが、まちがったところにきてしまったようだ。とはいえ確信している。かれはまだ生きていて、カタストロフィのさいに忠実な者とともに死んだわけではないと」

テレパシーで思考を読めず、ネズミ＝ビーバーはたずねた。

「どんなカタストロフィ？　それに、だれがまだ生きてるって？　サトラングの隠者のこと？」

ポスビは不機嫌なしぐさをした。

「隠者？　どのような隠者だ？　ここにいるわれわれ、みなが隠者ではないのか？　孤独ではないとしても」

「それで、きみが話していたカタストロフィって、どんなものなんだろう？」グッキーは訊き方を変えた。

「われわれすべてにふりかかったものだ。われわれ、故郷を去らなければならなかった。最良の友を探すために。とくに……」

「二百の太陽の星！」ネズミ＝ビーバーは助け舟を出した。「ぼくらの最良の友はテラナーだったし、いまもそうだ。だから、テラナーを探してるの？　テラナーの故郷銀河をほかの宇宙から隔離してるバリアを、突破しようとしたってこと？　それであってる？」

「そうだった。だが、われらの多くは狂気におちいったのだ。われわれ、呼びかけを聞き、ここへきた。しかし、探している者は見つからなかった」

「ペリー・ローダン！」とだけ、グッキーはいった。

ポスビは身をかたくした。思考が混乱して渦を巻き、理解不能な混沌に変わる。正常な言葉は、まばらに選びだせるばかりだった。そこからわかるのは、イルトがすでに知っていることだけである。ポスビたちは二百の太陽の星をはなれた。行方不明のペリー・ローダンを探すために……銀河系の内外で。

探していた者がどれほど近くにいるのか、それを知れば、このポスビは理性を失ってしまうだろう。黙っているほうがいい。ペリー・ローダンが一回のテレポーテーション・ジャンプで行ける宇宙船で、サトラングを周回している、などとは。

「ありがとう、友よ！」グッキーは別れの挨拶をした。あっけにとられて、意味のない言葉をつぶやくポスビをのこして、立ち去る。

いまは、死にゆく隠者を見つけるほうが重要だった。隠者は未知者と戦う強力な抵抗グループを組織しようとしている。回復を願うしかない、狂気におちいった者たちの力を借りて。

その努力の成果はまだ見つからない。正反対だ。いったいどうすれば、責任能力のない多種族の寄せ集めに、未知勢力に隔離された銀河系が解放できるというのだろうか？

それでも、とグッキーは自分にいいきかせた。〝何百年も〟と話していた隠者の努力が、なにもかもむだだったはずはない。この惑星のどこかに、本来の知性をとりもどした生物がいるはずだ。それを見つけなければ。

とはいえ隠者が先だ。死の床にあるのだから……

＊

ローダンとツバイは、ブルーの建物で球形守衛ロボットに出迎えられた。生体脳をそなえているようだが、精神状態は判然としない。なんの音も発しないのだ。

管理棟から遠隔操作をされているのだろうか。ロボットは当然のように、あらたな〝患者〟を案内した。通廊をいくつか通り、あるドアに向かう。近づくと、ドアが開いた。奥の部屋には二十台ほどのベッド。それぞれのあいだに当座の仕切りがあり、一定のプライベートは確保されている。

「気のきいた部屋ですね」ツバイが気の重いようすで、「ここでなにをしようというんです？」

球形ロボットは反応しない。ドアがふたたび閉まるうちに去っていった。

いくつかのベッドに異なる種族の者たちが横たわっている。新入りにはわずかに興味をしめすばかり。二、三名が身を起こしたが、すぐに、ふだんからそうしているのであろう半眠状態にもどる。ツバイがローダンの腕をつかんだ。

「出ていきましょう。ここになんの用があるんです？」

「待て、ラス！　ここにいる気の毒な者の一名ぐらいは、いくらか理性をたもっているはずだ。ためしてみよう」

ツバイは黙ってうなずく。ベッドからベッドへとゆっくり移動し、会話を試みるローダンについていった。

隠者の居所を知っているか、という問いに対し、一カルタン人は半開きの目でしばしローダンを見た。だが、なにも答えぬまま、ものうげに寝返りを打ち、中断されたまどろみへともどっていく。

一グラドは腹をたててうなり、なぐりかかってきた。

部屋の中央に長テーブルが一台あり、料理の入った皿がおかれている。ほとんどは手がつけられていない。何者かが患者の世話をしているようだ。なかば機能するロボットか、正常な看護要員がいるのだろう。

ローダンはツバイに手招きをした。

「われわれの寝台はどれなのか、わからないが。きみのいうとおりだ。ここを出よう。手がかりは見つかるまい」

「わたしはすぐに気がつきましたよ」ツバイはうなるようにいい、「このあたりで、すこしテレポーテーションしてみましょう。グッキーもどこかにかくれているはずだ」

「ブリーとコンタクトしておきたい。イルトはすでに帰還して、多くが明らかになっているかもしれない」

「いい考えだ！」

二名はひきとめられずに部屋を出た。いくどかためし、ツバイがテレポーテーションを決意する前に出口を見つけた。できるだけ目だたぬようにしたかったのだ。ほかの者と同じような患者だと思われているのだから。

《シマロン》とコンタクトしたものの、あらたな情報はなかった。グッキーからはなんの連絡もなく、もどってもいない。

「高性能ハイパー通信ステーションがあるはずです。さもなくば、何光年もの距離を隔てた通信をとらえることはできなかったはずだ」二名は無数の公園のひとつでベンチに腰かけていた。恒星は地平線に近づいているが、気温の低下は耐えられる程度である。

「しかし、どうやって見つければいいのでしょう。もはや発信されていないというのに。この惑星には、合計で十一の大陸がある。詳細なデータがあるのはここ、三番めに大きい大陸だけだ。通信ステーションもここにあると思います。手がかりなしにテレポーテーションすれば、運が向いてくるかもしれませんよ？」

「向くまいな。時間のむだだろう。見つけるべきは手がかりだ。まだ漠然としすぎている」

数名の患者が公園をはなれて居室に向かっている。ローダンとツバイが話しかけてもむだであった。なんの返事もないか、意味のないおしゃべりが返ってくるばかりである。ある者は銀河帝国の支配者だと主張し、従僕らしい態度を要求してきた。ローダンに家来になれといいだしたため、二名のテラナーは早々に退散した。

「あそこだが、ラス」ローダンはやってきた方向にもどりながら、「管理棟の照明が消えた。勤務時間が終わったのだろう。受付のカルタン人がいた部屋で、なにか気がつかなかったか？」

「いや、なにも」

「美人だったからな」ローダンはいい、真剣な顔にもどる。「テーブル奥の壁に地図があった。見取図だ。見にいってみよう。なにかわかるかもしれない」

「見取図？　ここの施設の、ですか？」

「そうだ。あるはずだろう。さもなくばかれらも勝手がわからないはずだ。古風なやり方だが、見てわかれば便利だ」

「わかりました。手をこちらに。獅子の穴まで、まっすぐにジャンプしますよ」

ツバイは目標を正確にとらえていた。カルタン人が奥にすわっていた幅広テーブルのすぐ前に再実体化する。部屋は無人で、ドアは閉まっていた。じゃまは入らない。

外はまだ充分に明るく、見取図の詳細は見てとれた。だが、期待に反して建物の名称はわからず、数字と解読できない略称があるのみである。

「建物の平面図はどれも似かよっている。なんの手がかりもないな」ローダンは透明プラスティック面をなでた。「さらに南、山のほうで、べつの建築家が仕事をしていたようだ。たとえばあの円形の建物。あれを見にいってみるか？」

「すぐに暗くなりますよ、ペリー。《シマロン》にもどり、あしたまで待ったほうがいいんじゃありませんか？」

「きみの頭にあるのは、居心地のいい自室キャビンなのだろう」ローダンは笑みを浮かべた。「とはいえ、いったんもどっても多くを失うわけではあるまい。あすはあすだ。グッキーも同じ考えかもしれない。そうしたら叱りつけてやれるな」

「有益な成果をあげていれば、話はべつですが」

「だといいがね」ローダンは同意して、「その場合には、酌量の余地ありだ」

《シマロン》の軌道は通信装置でかんたんに探知できた。現在位置も。

ツバイは目標を探り、ローダンとともに船内へテレポーテーションした。

2

　サトラングをはなれるなど、グッキーは夢にも考えていなかった。時間がない、そう感じていたのだ。すでに恒星は沈み、冷気が感じられる。患者たちは公園から姿を消していた。

　数分のあいだ、ネズミ＝ビーバーは決めかねて立ちつくしていた。やがて付近の建物へテレポーテーション。理性的に話せる者が見つかるかもしれない。

　だが、運が悪かった。一医療ロボットと鉢あわせしたのである。おのれの義務に忠実で、生体ポジトロン脳がまだスムーズに機能しているロボットだ。

「ここに着いたばかりなのですか？」驚くネズミ＝ビーバーに、ロボットはハンゴル語で話しかけてきた。ヴァイオレットのうわっぱりのポケットから物体をとりだす。診察ゾンデにいまいましいほど似ている。「ともにきてください！　あなたがどれほど精神を損なっているのか、知らなければなりません」

　仕事熱心なロボットがひきよせようと伸ばしてきたアームを、グッキーははらいのけた。

「ま、ゆっくりやろうよ、先生。ぼかあ、まったくの正常だかんね。気にしてるのがそのことならさ。人を探してるだけなんだ。手伝ってもらえるかな」

「お手伝いをするのは、わたしの任務です」医療ロボットは慇懃《いんぎん》に応じた。診察ゾンデを大きなポケットにもどす。「しかし、診察をしてからです。それも、いますぐに」

「わからないやつだなあ！　ぼくは健康なんだ。それに、人を探してる。そんなにむずかしいかな。プログラミングがおかしいのか、それとも、脳の分子が何十個かたりないんじゃないのか？」

「わかりません。だれを探しているのです？　そもそも、あなたはどこからきたのですか？」

「ぼくがどこからきたかなんて、どうでもいいよ。ぼくは隠者を探してるんだ。どうしても助けがいるんだよ。だから、こんどはきみの番だ！」

「わたしの番とは？」

「答える番だよ！」グッキーのぴいぴい声が裏返った。「教えてほしいんだ。隠者がどこにいるのか！」

「隠者？　だれのことか、さっぱりわかりません」

数秒間、ネズミ＝ビーバーは言葉を失った。だがやがて、たずねる。

「サトラングの隠者を知らないだって？　ここの重要人物なんだろ、ぼくの勘ちがいじゃなかったら。ここで指示を出してるのはだれで、このすべてを手配したのは、何者なんだ？」

「この病院をとりしきっているのは、わたしです！」

　この期《ご》におよんで、ネズミ＝ビーバーは怒り心頭となった。

「きみは、すこしはましなんだって思ってたよ。隠者は知らない、自分は医長だなんていいはる。そのゾンデを出すんじゃないぞ。さもなきゃ隔離部屋にほうりこんでやる。どうやってそこにきたのかもわからないままでね。いちばんだいじなのは、きみのほうができるだけ早くアシスタントに精神状態をみてもらうことだ。それ、やるべきだよ」

　うろたえたロボットが返事もできずにいるうちに、患者と勘ちがいされたグッキーは消え去った。真空が埋まる〝しゅっ〟とかすかな音がする。それだけであった。

*

　その夜、グッキーは暖房のきいた温室ですごした。まったくの偶然でたどり着いた場所である。二名のカルタン人が、わきの原始的な小屋で眠っている。植物や野菜の世話をまかされているのだろう。二名がとほうもない夢をみていたため、グッキーは急いでテレパシーを遮断し、栽培品にかぶりついた。

ニンジンは見つからなかったが、そのかわりに美味な果物があり、それで飢えをしのいだ。持参した凝縮口糧は出さずにすむ。

すみでからだをまるめて、元気づけのひと眠りをきめこんだ。謎の隠者が心配で仕方がなかったが。やがて、二名の庭番よりも早く目をさまし、短距離テレポーテーションで姿を消す。ちょうど東から恒星がのぼったところ。

成果もなく《シマロン》とコンタクトして、時間をむだにするわけにはいかなかった。なんの進展も望めないだろう。たよれるのは自分だけだ。だれかを連れてきたほうがよかったのかもしれない。ペリーか、ひょっとしたら、ラス。だが、いまさら考えても手遅れだった。いずれにせよ、宇宙船の友は自分の独断行動に腹をたてているはずだ。

グッキーはあちこちに姿をあらわし、わずか数秒とどまっては、また消えた。混乱した患者が、なにが起きたかを理解する前に。

こうして、かの有名な幸運ぶりを発揮したのであった。最新式の記憶コンピュータやほかの技術装置をそなえた、いわば計算機センターのまんなかにたどり着いたのである。だれも見あたらない。ここの装置は完全自動のようだ。混乱した者がここにくるだろうか？　だが、サトラングにいるのはバリアで病んだ者だけではない。だれかが姿を見せるかもしれなかった。この部屋の出入口はひとつだけ。その電気錠をグッキーはテレキネシスで施錠した。これでおちついて見てまわれる。

もっとも目をひかれたのはデータ記憶装置だった。これをためすべきだろう。問題なくやれるはずだ。このようなものには精通している。このたぐいの装置は、ほぼ同じ原理にしたがっているから。

自信を持って作業にかかる。

スクリーンと表示プレートが息を吹きかえした。

*

大きめのスクリーンに故郷銀河を上方からとらえた三次元映像がうつしだされた。グッキーはすぐに、ソルがある渦状肢に目をとめた。

透明に近い球状の殻が銀河系全体をつつんでいる。隙間なく閉じられた狂気のバリアである。

そのバリアの外側に、二百の太陽の星と、いくつかの孤立した星の集合体を見つけた。そのような星団のひとつに、点滅する矢印で特別なしるしがつけられている。インターコスモの名称によれば、これまでは重要性の低かった小星団、Ｍ－３０だ。この星団のなかで惑星サトラングも恒星ヘロスを周回している。

いまは重要な情報ではない。ほかを探す。またしても手あたりしだいに記憶装置を起動し、見つけた。呼びだされたデータがスクリーンにあらわれる。

ゆっくりと全容が像を結びはじめる。グッキーが個々の情報を矛盾なくならべ、組みあわせたからだ。サトラングはほんとうに、銀河系をめざしてバリアの突破を試み、失敗した、すべての宙航士のためのリハビリテーション・センターだった。だが、〝隠者〟と名乗り、このすべてをつくりあげた知性体の手がかりは、なにひとつ見つからない。

グッキーはあきらめなかった。さらに調べて、部分的成功をおさめる。サナトリウムや、はなれた場所にあるほかの施設の見取図が、大スクリーンにあらわれたのだ。名称はインターコスモで、理解できる。

防御砦があちこちにある。そのいくつかはまだ作動するのだろう。だが、点滅する光がしめすように、故障もあるようだ。

鮮明に表示されている建物は、ハイパー通信ステーションのはずだ。つまり、自動送信のメッセージが発せられていた場所ということ……何百年も前から。

この一帯のエネルギー供給施設はそのすぐ横にあった。さらに、それらしいマークがあり、シャトルや救助艇のような飛行体が描かれていることから、すこしはなれた場所の地表や地下に、複数の格納庫があるようだ。おそらく、銀河系に突入しようとして精神を損なった乗員を、サトラングの地表に運ぶためだ。

こうして得られた情報を、のちに利用すべく保存するのは、グッキーにとりむずかしいことではなかった。だが、いまなによりも重要なのは、命を失いかけている隠者を見つけることだ。銀河系諸種族の存続のために、このすべてをつくりあげた者を。

グッキーは記憶装置室からテレポーテーションした。わずか数メートルという至近距離で、一グラドの眼前に再実体化する。グラドは驚愕して後方にとびのいた。防御の姿勢をとり、無からあらわれたネズミ＝ビーバーを凝視する。

グッキーはテレパシーで探りを入れて、意味のある思考パターンをとらえて驚いた。とはいえ、天才とともにいると感じさせるものではない。

しぐさで相手をおちつかせようとする。

「インターコスモは話せる？」と、イルトはたずねた。

グラドはうなずく。すくなくともその頭の動きは肯定を意味している。だが、頭のなかでは疑問や推測が渦を巻いていた。生まれてこのかた、イルトを見たことがなかったのだ。

「きみは回復者？」グッキーがたずねる。

グラドはようやく口を開いた。音声による返答は、テレパスには不要だったが。

「わたしは病んでいたのだ。いまは看護要員の一員になっている。名はショルシュという」

「ぼかあ、グッキーって呼ばれてるんだ。種族はイルト。それから、きみが口にしない質問に答えておくと、ぼくはテレポーターで、ここには隠者を見つけにきている。手伝ってくれるかな？」

「隠者になにをもとめている？」

　グッキーは驚きをおしかくした。グラドの問いは、隠者についてなにかを知っていると明確にしめしている。サトラングでそれを認めた、はじめての人物である。

「そこのベンチにすわろう、ショルシュ。ちょっと長い話になるからさ。それから、きみのことも聞かせてほしい」

「よかろう！　いずれにせよ、きょうは休日なのだ」

　とはいえ、ネズミ＝ビーバーはできるだけ手短かにすませた。隠者の状態への懸念は一分ごとに強まるばかりで、ローダンや《シマロン》の状況もわからない。グッキーが説明を終えると、グラドはしばし沈黙した。獅子の顔には悲しみが浮かんでいる。だが、にわかな決意もあらわれていた。

「きみを助けよう」ついにグラドはいった。

「それなら、どこで見つけられるのか、知ってるんだね？」

「直接には知らない」と、グラドは正直に認めた。「だが、連絡をつけることは可能だ。ごくわずかな者しか知らぬ認識コードを知っていれば。わたしはその栄誉を受けたのだ。回復したと認められたから」

「患者の世話をしているの？」

「それは副次的な活動にすぎない。本来の任務はむしろ監督者で、医師や看護要員が患者の治療に死ぬほど献身しないよう、配慮している。なにを話しているのか、きみに理解できるなら」

ショルシュは嘘をついていない。それはテレパシーでかんたんに探りだせた。このグラドは偉大な者ではないが、とにかく比較的正常だった。知性のたりないところは、実地の知恵と、頭の切れでおぎなっている。このふたつのおかげで、いくらか高い地位につくことができたのだ。

「隠者は死にそうなんだ」グッキーは強くいった。「すぐに連絡をつけて。急げば最悪の事態を防げるかもしれない。隠者を助けたいでしょ。ちがう？」

グラドは熱をこめて肯定したが、無念そうにいった。

「連絡できる唯一の場所は、通信ステーションなのだ。サナトリウムの外に位置している。だが、そこまでの移動手段は、わたしにはわからない理由で何日か前に使えなくなってしまった。通信装置になにかがあったにちがいない」

それもまた、ネズミ＝ビーバーの知るところであった。数百年前から自動送信されてきたメッセージが突如沈黙し、隠者の最後の言葉が生中継で伝えられたのだ。グッキーはふたたび思いだす。

〃かれらは奪っていった。わたしはもう、わずかな時間しか生きられない。これからどうなるのか？　ここにはわが戦いをひきつげる者はいない。この何百年は、すべてむだになった。もうおしまいだ。わたしは死に……〃
「行こう、ショルシュ。ぼくら行動しなくっちゃ！　通信ステーションの場所はわかるよ。だから、一秒よりもずっとみじかい時間で着ける。両手をぼくの肩に乗せて、しっかり握るんだ。ほら、早く！　ひょっとして、恐いの？」
「むろん、恐くはない」グラドは嘘をついた。「ほんのすこし、心配なだけだ」
グラドがまだためらっていたため、ネズミ＝ビーバーは強引に主導権を握る。ショルシュの頸すじの毛皮をつかむと、通信ステーションそばの、建物のない駐機場に集中し……ジャンプした。

＊

再実体化してグッキーが手をはなすと、グラドは大きな音をたてて尻もちをついた。驚きに目をむき、周囲を見る。テレポーテーションがなにを意味するのか、知ってはいたが、現実に圧倒されていた。

「通信ステーションが……円形の建物が目の前に！　理解できない！　到着した！」

「もちろん着いたよ、ショルシュ。だから教えて！　これからどうすればいいのか」周囲をよく見て気づく。見おとしていたことがあった。「でも、ひどいようすだ。ここで反乱とか、そういうことがあったのかな？」

　ショルシュが立ちあがった。円形建物の屋根を見あげ、目を細める。

「大球形アンテナがない。ベトンの屋上にあったのだが……砕けている。保守ロボットが数体、まわりで見ているだけだ。それに残骸だらけ。ほんとうに戦闘があったようだ。しかし、だれの仕業だろうか？」

　グッキーはすぐに、通信ステーションへの攻撃と、突然の送信停止や隠者が受けた掠奪とを結びつけた。それでも内部通信システムはぶじかもしれない。ショルシュがコードを使い、隠者とコンタクトできる装置は。

　にわかに保守ロボット二体に攻撃されて、グッキーのもの思いは破られた。二名を未知の掠奪者と判断したようだ。だが、構造の異なる二体のロボットは戦闘用ではない。したがって機敏な動きはできなかった。

　ロボットは驚くべきスピードで接近した。切削工具を振りまわして威嚇《いかく》するも、イルトがテレキネシスで急ぎ構築した壁に激突。かなり古く、修理すべき状態だったようだが、もはやその必要はなくなった。ばらばらに崩壊したから。

　ショルシュは決意した。これからは、なにごとにも驚かないと。

「制御がきかなくなったのだな。見てくれ。あっちでは一体がべつの一体を鉄の棒で突き刺している。向こうでは……」

グッキーはその目で見た。円形建物にエネルギー砲が命中し、いくつかチーズのような穴が開いている。破壊されていない正面出入口には、動きのおかしい保守ロボットが五、六体とりついていた。重厚な金属ドアを工具ではずそうとしているが、うまくいっていない。

あのロボットはすべて、半生体脳をそなえている。銀河系をつつむバリアを突破しようとした宇宙船に乗せられていたのだろう。どこで製造されたにせよ、宙航士と同じく病んでいる。

「通信ステーション内にまっすぐジャンプするかんね、ショルシュ。内部のことは、すこしはわかる？」

「何度も行ったことがある。監督者の地位にあるから、立ち入りの許可は受けていた。だが、だれからだったか？　忘れてしまった。上位監督者かもしれない」

グッキーは考えた。健康な者はどこにかくれているのだろう？　ショルシュは、ほかの者ほど混乱してはいないが、それでも奇妙なところはある。

暴走した芝刈り機が、除草ブレードを回転させながら猛然と左から襲いかかってきた。グラドが大ジャンプで逃れたため、グッキーは二名でテレポーテーションする手間をはぶく。急速に迫る危険なロボットをテレキネシスでつかむと、おなじみのやり方で十メートルの高さに持ちあげ、落とす。

その結果はやはり、見わけのつかぬ部品の山であった。鋭利な除草ブレードが一枚、宙を舞っていたが、やがてそれも力つきる。

ショルシュがそばにもどってきた。

「サーカスにだって出られるぞ。史上最大の演目だ。テレポーターでテレキネス！　両方なんだろ？　そんなの聞いたことあるか？」

グッキーは、三番めの能力もあると伝えるのはやめた。気の毒なグラドには、荷が重すぎるだろう。

出入口ドアで猛然と作業中のロボットをさししめすと、イルトはグラドの手をとった。

「こんどは驚かないでね、ショルシュ！　ステーションのなかに直接テレポーテーションするから。あっちで司令センターへの道を教えてほしい。ここを襲撃した連中は、なかには入れなかったみたいだ。送信をとめるのが目的だったんだろう。たぶん……すくなくともとりあえずは、アンテナを壊せば充分だったんだ」

エネルギー・ビームがすぐわきの地面をはしる。ふらつきながら接近する戦闘ロボットが発したもの。手遅れとはいえ、ようやく行動すると決めたロボットである。

二度めの射撃は虚空をつらぬいた。

標的が消えていたのである。

＊

ハイパー通信装置は、アンテナが失われたのちにも自動送信を試みて、使用不能となっていた。宇宙に放出されるはずの膨大なエネルギーがはねかえされ、ポジトロニクスと送信装置を焼き切ったのだ。

未知の攻撃者は知っていたということ。このステーションを沈黙させるには、球形アンテナを破壊するだけで充分な理由を。残忍なだけでなく、知的でもある。もっとも、矛盾することではないが。

「それで、どこから隠者に連絡がつけられるんだろう、ショルシュ？」

グラドは方位をたしかめようとして、困ったようすを見せた。ここにはあまりきたことがないという。この大きな建物の特定の個所にしか行ったことがなく、見取図なしに道を見きわめるのは不可能なようだ。

「出入口からの行き方しかわからないのだ。この場所にはきたことがない。立ち入りは禁じられていた」

「それで、きみが話していた上位監督者は、いまどこにいるの？　だれも見あたらないけど」

「逃げたのだろう。ここで起きたような攻撃に直面すれば、わたしもそうしたはずだ」

「保守ロボットだけはのこってたよ」グッキーが指摘する。

「あれも病んでいるのだ」グラドが納得の説明をした。「内部映像通信の操作スタンドを探そう。あれはぶじなはずだ。破壊されたアンテナとは関係がないから」

　まさにそのとおりだと、グッキーは思った。

　時間をむだにしないために、短距離テレポーテーションをくりかえす。にわかに、たったいま実体化したこの場所にはきたことがあると、ショルシュが主張した。出入口の下につづくリフトだ。ロボットが金属のドアをめちゃくちゃにたたく音がはっきりと聞こえる。だれかがオフにしなければ、何日でもつづけているだろう。

「このリフトはあてにならない。階段を使おう！　そう遠くはない」

　グッキーはうなずいた。ようやく自信をとりもどしたグラドを追う。コードを忘れていなきゃいいけど、とグッキーは考えた。忘れていたら、またはじめからやりなおしだ。

　ここは無人である。出入口のドアをたたく音をのぞいて、下はしずまりかえっている。

「すぐに着くぞ」ショルシュはうけあった。

　二名は一階層下の、円形建物の中央部にたどり着いた。通廊はあらゆる方向にのび、数秒間、グラドは迷った。表示板はない。

「そんなものは必要ないのだ」グッキーの問いに応じて、ショルシュが説明した。「このステーションへの立ち入りは、ごくわずかな、資格を認められた者にしか許されていないから。わたしは例外のようなもので、たいていは幹部の一名が同行していた。とはいえ、大きな勘ちがいをしていないなら、この通廊のはずだ」

二名はそこを進み、やがて建物の外周沿いの円形通廊に出た。

グッキーのあせりはパニックとなりかけていた。グラドは先へ進みながら、奥に部屋のあるドアをひとつひとつ、開けもしないでじっくりと観察しているのだ。

やがて、第一の手がかりがあらわれる。

中央にブルーの十字が描かれたドアである。

「これだ！　この奥に装置がある。だが、ドアを開ければ警報が鳴るだろう。どうする？」

「やってみるしかないよ、ショルシュ」グッキーはからだのわきのエネルギー・ブラスターをさししめした。「身は守れるから」

「では、行くぞ！」

「待って！　ドアには指一本触れないほうがいいかもしれない。テレポーテーションしよう」

「またか！」グラドはうめき、避けられぬ事態に観念した。

数秒後、二名はほぼ三角形の部屋にいた。技術装置が詰めこまれている。だが、グッキーには見おぼえのあるものもあり、迷わずにすみそうだ。この部屋は鋭角の頂点を持つ三角形で、まるみを帯びた底辺の中央にドアがある。イルトは鋭角のすみにあるスクリーンに目をひかれた。正方形で、よくある構造ではない。

「あのスクリーンで隠者を目にしたのだ」ショルシュが畏敬の念をこめてささやく。

おさえようのない不安にさからって、グッキーがたずねる。

「隠者はどんな顔をしていたの、ショルシュ？　いまのうちに知っておきたいんだ。あんまりびっくりしないですむように」

二名は下に制御装置のついたスクリーンに近づいた。左右の壁は制御盤や操作コンソールで埋めつくされている。その目的はわからない。

「どんな顔か、だって？」ショルシュは返答に迷った。よく考える必要があるかのように。「ハウリ人のようではなかった。だが、ある程度は似ていた。とにかくヒューマノイドだ。かなり背が高く、ほっそりしている。年齢はよくわからない。とはいえ比較的若いのではないかと思う。みじかい、黒っぽい髪。まっすぐではないが、わたしのようにもつれてもいない」

「巻き毛ってことかな？」グッキーは助け舟を出した。頭のなかで推測が渦を巻く。

「ああ、そういえるだろう。隠者とは何度も話をした。いつも短時間にすぎなかったが、好感が持てた。テラナーかもしれない」

グッキーはずいぶん前からそうではないかと思っていた。テラナー、きっとそうだ。

だが、細胞活性装置保持者でもある……？

もしそうなら。何百年もがむだになったという、隠者の言葉が頭に浮かぶ。あの謎の人物は、知っている者にちがいない。

だが、だれだろうか？

グラドの説明は、あまりにも漠然としている。

「コンタクトはできる？」ネズミ＝ビーバーはせかした。

にわかにショルシュは困りきった顔をした。多くのスイッチや、消灯している光のキイをさししめす。

「このうちのどれかだ。それはまちがいない。だが、どれなのか忘れてしまった。コードは……いったいどんなコードだったか……」と、キイの長い列を凝視する。すべてにブルーの十字が描かれている。「特定の順番で押さなければならない。八個、それはたしかだ。だが、ここには合計三十個のキイが三段になってならんでいる。ひとつめのキイは、かなり最後のほうだ。そして二番めのキイが最初。よく考えなければ」

「あんまり長くは考えないでほしいな」と、ネズミ＝ビーバー。「集中しなくちゃね。よく考えられるように、ひとりにしてあげる。ぼくは装置を見てまわってくる」

ショルシュをブルーのコンソールのそばにのこし、グッキーはほかの技術装置に向かった。見るべきものは充分にある。なおも装置の意義は不明だが、ひとつだけはたしかだった。いくつかはまちがいなく惑星内通信用の標準的な通信装置だ。これはぶじなはずだ。未知者はハイパー通信装置だけを作動不能にしたのだから。

グラドが成功しなくても、これをためしてみよう。グッキーはそう考えた。運がよければ、コードは必要ないかもしれない。本気で信じてはいなかったが。

比較的若いヒューマノイド……グラドはそう主張していた。

そしておそらく、細胞活性装置保持者。

時間跳躍の前に銀河系にとりのこされた者。あるいは、最後の瞬間に脱出に成功した者。そのような者にちがいない。

しばしののち、グッキーは頭をひねるのをやめた。これはなんだろうと思いながら、中央に赤いボタンがひとつあるだけの壁の装置を調べる。

赤い色はつねに、〝警告〟あるいは〝注意〟を意味している。とにかくテラナーのあいだではそうだ。だが、銀河諸種族が交流を重ねた結果、赤は警告の色としてひろまったのだ。

グッキーは前足がむずむずしたが、テレキネシスでやることにした。慎重に赤いボタンを押す。触れることなく。

その結果は驚くべきものであった。

スクリーンが点灯し、通信ステーションの周囲、あらゆる方向がうつしだされる。地下にかくされていた防御装置がにわかに地表へとせりだした。プログラミングされたパターンにしたがって、存在しない攻撃者にエネルギー砲火を開く。

無意味な砲火は二十秒もつづいた。防御砦はふたたび地下へと沈み、偽装カバーが上方で閉じる。砦など存在しなかったかのように。

保守ロボットはそしらぬようすで作業をつづけている。グッキーがそれをたしかめると、スクリーンは消えた。

ショルシュはなにも気がつかなかったようだ。グッキーはその姿に目をやった。グラドはキイをひとつ押したところである。すると、大スクリーンが息を吹きかえした。

「やったぞ！」グラドがグッキーに叫ぶ。「成功した。奇妙なややこしいコードで、おぼえにくいものだったのだ。もう長くはかからない」

グッキーは誤って作動させた警報のことは忘れて、グラドのほうに向かった。誇らしさがはっきりと顔にあらわれている。とはいえ、まだスクリーンに映像は認められない。なにかの模様が画面をかすめ、ごくゆっくりと三次元になり、色もついてきた。

やがて、一辺がゆうに一メートルはある立方体が生じる。完璧なホログラムだ。だが、理解しがたいパターンがあらわれるばかり。蛇のようにうねり、奇妙な姿をとる。ふたたび崩れ……にわかに一瞬にして消え去った。

すると、無から顔が生じた。

きわめて高齢な男の、陰鬱な目をのぞきこんで、グッキーは驚き一歩さがった。深いしわでおおわれた、ゆがんだミイラのような顔に、かすかな痙攣《けいれん》がはしる。そのさまが、確実な死に定められた者はまだ生きていると、告げていた。

隠者はテラナーであった。しかし、ネズミ＝ビーバーの知らぬ者だ。きわめて高齢なその顔には、下部意識の深みでぼんやりとした記憶を呼びさます、なにかがあった。だが、それがなにかはわからない。

乾ききった口がやっとのことで開く。かすれた喘鳴《ぜんめい》しか出ない。ショルシュは思考を混乱させてささやいた。

「あれは、わたしが話した隠者ではない」

ホログラムの姿から目をはなさずに、グッキーは大丈夫だとうなずいた。老人は、なおも必死でなにかをいおうとしている。唇が開き、閉じる。なんの言葉も出ない。だが、すくなくとも喘鳴はやんでいた。

やがて、ついにはじめて、理解できる言葉が口からもれる。

「……きみ……グッキー！」

それは稲妻のようにイルトをつらぬいた。漠然とした推測が裏づけられたのだ。隠者は自分を知っている。細胞活性装置保持者なのだ。〝わたしは奪われた。これで死ぬにちがいない〟……グッキーは隠者の言葉を思いだした。細胞活性装置を失えば、相対的不死者にのこされるのは六十二時間というわずかな時間のみ。そのあいだに急速に老化し、死んで塵《ちり》となって崩れ去るのだ。

「きみは、だれなの？」

死にゆく者の唇がふたたび動いた。だが、声はちいさく、ほとんど理解できない。そのうえ、グッキーの問いへの答えではなかった。

「ならば、ローダンも遠いはずはない。わたしを見つけてくれた……だが、手遅れだ。銀河系を救ってくれ。恐ろしい支配なのだ！　わたしがここであげた成果が、まちがった者の手に落ちてはならなかった……きみたちがくるかどうか、わからなかったのだ。技術施設の自爆装置を起動させた。とめることはできない。探してくれ、ロワを……そしてテク……」

老人の顔がさらにゆがんだ。目と口が疲労のために閉じる。男は前に向かって倒れ、カメラの範囲から消えた。

グッキーは凍りついたように立っていた。隠者の居所をつきとめようと、テレパシーで探ったが、むだであった。弱すぎる思考インパルスからは、おおよその方角がわかるのみである。目的地を見定めてテレポーテーションするには、充分ではなかった。

絶望しながら、なおもホログラムのスクリーンを見ていた。やがて最後の微光が消える。

にわかにグラドが叫び声をあげ、もの思いからひきもどされた。
急いでふりかえる。ブラスターの銃把《じゅうは》を握り。
「騒ぐのはやめるんだ、ショルシュ！」グラドを叱りつけ、ふたつの影に向きなおる。
二名は無からあらわれ、最初の驚きを即座に克服したところであった。
「やっと、また会えたな」と、ペリー・ローダンがいう。
ラス・ツバイは、笑みを浮かべたのみ。

3

南大陸で夜が明けるやいなや、ペリー・ローダンはラス・ツバイとともにサトラングの地表へとテレポーテーションした。《シマロン》に帰還しなかったネズミ＝ビーバーのことを、真剣に心配していたのである。

患者たちの助けは期待できまいが、すくなくともレジナルド・ブルからは、広大なサナトリウムの詳細なフォトコピイを受けとっていた。個々の建物の意味や目的は不明だが、わかることもある。

前日と同じく、患者には無視されるか、うわべの挨拶をされるばかりで、筋のとおった返答は得られない。

「ハイパー通信ステーションを思わせるものはありませんね」地図をあらためて見て、ツバイが無念そうにいう。

ローダンはフォトコピイの上端にあるいくつかの建物をさした。

「サナトリウムの敷地外にあるのではないか。その可能性は高いはずだ。エネルギー供給施設も同様だろう。ここを見てみよう」

　はなれた場所の建築群のなかに、目をひく円形の建物もある。それを自動防御砦がかこんでいた。だが、ほとんどのエネルギー兵器が破壊されている。隠者が話していた未知者の仕業にちがいない。

　二、三の砦のみが、二名のテラナーに砲火を開いた。照準装置が損傷しているため、射撃は正確ではない。

　とはいえ、まぐれあたりのリスクを避けるため、ツバイはローダンとともに円形建物へテレポーテーションした。出入口のドアには五、六体の保守ロボットがとりつき、原始的な工具で作業をしている。あのロボットが建物内に入れば、とりかえしのつかない破壊をひきおこしかねない。

　砕けた球形アンテナから、探していたハイパー通信ステーションだとわかる。だが、もはや作動は不可能である。

「グッキーが近くにいるはずだ」にわかにローダンがいった。ツバイのいぶかしげな視線を受けて、「いやむろん、思考をとらえたわけではない。だが、たしかに感じるのだ」

「グッキーなら、きて当然の場所でしょうね。すぐに探すとしましょう！」

　短距離テレポーテーションをくりかえしたが、行くべき部屋にたどり着くまで、かなりの時間を要した。

最初におちつきをとりもどしたのは、ローダンである。

「やっと、また会えたな」と、いう。

＊

ネズミ＝ビーバーは、大急ぎで、できるだけ手短かに、これまでにわかったことを二名のテラナーに伝えた。

「ショルシュがほんとうに役にたってくれたんだ」と、報告を終える。いらだちを押し殺しながら、「きみたちといっしょにいてもらうね。そのあいだにぼくは……」

「またどこかに行くつもりなのか？」ツバイが驚いてたずねる。

「隠者だよ！」そういったグッキーは、ローダンの顔に同意が浮かんだ気がした。「ショルシュはこの施設のこと、すこし、わかってるから。データ記憶装置があるんだ。情報を探してみてほしい。そのあいだにぼくは隠者を探す。死んでしまう前にね。ここがすんだら追ってきて。隠者の居場所について、きみたちのほうで手がかりを見つけられるかもしんないよ。ぼくにはだいたいの方角しかわからないから。隠者の思考インパルスはすごく弱くて、正確な探知は無理なんだ。だから、時間がかかるかもしれない。きみたちのほうが早いかもしんないよ。じゃあ、あとでね！　ショルシュ、ぼくを助けてくれたみたいに、このふたりのことも助けてほしい」

「幸運を祈る！」グラドはそういったのみである。

　イルトは非実体化した。それ以上の言葉はついやさずに。

＊

「サトラングの謎を解くために、手分けをするのは効果的だろうな、ラス。グッキーは充分に下準備をしてくれた。それに、われわれ細胞活性装置保持者の一員にちがいない者を、先に見つけておきたいというのは、理解できる。細胞活性装置を奪われれば、なにが起こるのか、わかっているからな。二日半で老化し、命を落とす。グッキーが隠者を見てもわからなかったのは、不思議ではない。だが、死にゆく者にはグッキーがわかった。手遅れになる前に隠者の名前がわかるよう、願うしかあるまい」

「とにかく、われわれの友のひとりですよ。さあ、はじめましょう」ツバイがグラドに声をかける。「ショルシュとはきみの名だな？　奇妙な名前だ」

「なかば混乱したテラナーがつけてくれたのです。いや、ハウリ人だったか？　もうわからないが」

「どちらでもかまわないとも、ショルシュ」ツバイは周囲を見まわした。「グッキーが話していた記憶装置はどこにある？」

「ずっと上です。あなたもテレポーターですか？　それはよかった。警報を鳴らされずにすみますから」

「あの防御砦と戦闘ロボットは障害にはならない。だが、時間は節約しよう。もっと上だといったな。よし、ジャンプだ！　一度にふたりとも連れていきますよ。短距離なら、なんの問題もない」

六番めの部屋にして、探していたものを見つけた。

巨大な部屋であった。コンソールや制御盤のついたコンピュータや記憶キューブがぎっしりと詰まっている。一見、混乱した印象を受けるが、徐々に、ローダンは驚くまでもないことに気がつきはじめた。

このほとんどはテラの技術だ、そう見ぬいたのである。友好種族の技術も混じっている。この施設は優秀なテラナーの指導のもとで建設されたのだろう。疑問の余地はない。隠者はコンピュータ技術に精通している。

だがそれは、ほぼすべての細胞活性装置保持者に共通していた。

「これもあつかえるのか、ショルシュ？」

グラドは曖昧《あいまい》なしぐさをして、

「何度もここにきたことはあります。ロボットは通してくれましたし……おろか者だと思われていたせいかもしれません。それに、監督者の地位にありましたから、この施設に入る権限がありました。そのようなとき、よく注意して見聞きしていたのです」

「だからコードもわかったのだろう。それで隠者とグッキーとのコンタクトを成立させた」

「ここではコードは同じなのです。しかし、こんなに記憶装置が多いと、どれがお望みのものか、わかりません」

「見つかるまで、ためしてみよう」と、ローダンが応じる。

だが、いうはやすく、おこなうはかたし、であった。ざっと見たところ、三十台ほどの記憶装置がある。なにが保存されているのかは不明だ。とはいえたしかなのは、このうちの一台にサトラングの過去と目的がのこされている、ということである。それを見つけださなければならない。

ショルシュがコンソールのひとつに向かい、五、六個以上の光のキイを押した。コンソールの上方でスクリーンが明るくなり、文字があらわれる。インターコスモだ。

文字はゆっくりと流れていった。したがって読んでいくのはむずかしくない。だが、ローダンとツバイは落胆した。通信ステーションやエネルギー供給施設の周囲にある、ロボット操縦防御装置の技術説明書だったのだ。

「残念ながらちがうな、ショルシュ」と、ローダン。「次を探そう」

今回、ローダンは気をつけて見ていた。だがわかったのは、グラドは三十個ある光のキイのうち、八個に無作為に触れているように見える、ということだけである。そうすると、上方のスクリーンが明るくなるのだ。

平面図があらわれる。設計図、さらには多様な構造の建物の安定性を計算する数学的な公式。

五番めのスクリーンが、探していたものであった。

文字が表示される。インターコスモで、その下には、ちいさな文字のテラ語。

タイトルである。次のように書かれていた……

惑星サトラングの歴史

*

過去の出来ごとは、文字だけでなく、映像記録によってもしめされた。隠者は名を告げず、映像にも姿を見せない。理由はどうあれ、みずからの正体を明かしたくないと考えているようだ。

第二の不可解な事実は、ほぼ七百年前の宇宙的規模のカタストロフィののちに銀河系を占領し、恐怖支配を築きあげ、徐々にほかの宇宙から隔離していった、未知者の名前や出自や外見が、いっさい語られないことである。

六百年以上前、隠者はチャンスをとらえた。バリアにはまだ、通過して脱出できる穴があった。

監視もまだ充分ではなかった。補給がうまくいかずとも、銀河封鎖は遅かれ早かれ完成する。そうなってしまえば、脱出は不可能である。

隠者は信頼のおける者を集めて、安全な場所へうつしはじめた。そこで壮大な計画の準備をさせたのだ。

やがて多種族の混成グループになった。半数以上はテラナーであり、のこるはアルコン人、アコン人、ブルー族、数名のトプシダーもいた。隠者への絶対的な忠誠心は当然のこと、さらに二点が全員に共通していた。全員が卓越した技術者や専門家だった。そして、だれひとりとして細胞活性装置保持者ではなかったのである。

探知の専門家リンデンバーグが、銀河系をつつむ、ますます密になっていくバリアを正確に計測し、評価する装置の開発にあたった。こうして、そのときもなお存在する穴を発見できたのである。

「もう時間がありません、チーフ」ある映像記録でリンデンバーグが語った。だが、隠者はどこにも姿をあらわさない。「未知者がこのペースで作業をつづければ、あと六カ月ほどで完成します」

「それほど長く待つことはない」〝チーフ〟と呼ばれた者は安心させた。意図的なのだろうが、その声はゆがんで聞こえる。そのために声の主は判断できなかった。「われわれの宇宙船はすでに安全な場所で待機している。きみも知ってのとおりだ、リンデンバーグ。準備は一、二週間で完了する。さしあたり必要なものはすべて搭載ずみだ。天文学的な資料から目的地も決まった。昔のエクスプローラー船団のデータが大いに役だってくれたのだ」

「この旅がどこへ向かうのか、いつ教えてもらえるのでしょうか？」リンデンバーグが慎重にたずねる。

「もはや秘密にすることはあるまい。われわれ、誓いあった仲間なのだ。だれもがおたがいを必要としている。バリアの向こう、五百光年ほどに、重要性の低い小星団Ｍ-３０がある。調査はされたが、入植はされていない。星団の恒星のひとつ、ヘロス。その第二惑星が地球に似た条件だと指摘されている。そこがわれわれの目的地だ。Ｍ-３０星団はあらゆる航行ルートからはずれていて、目をひく点もない。したがって、興味を持つ者はいないのだ……われわれをのぞいて」

映像が消えた。ふたたび文字の記録がつづく。

宇宙船のかくれ場へのひそかな輸送が説明される。宇宙船は、南アメリカ大陸のアンデス山脈にある、数多くの峡谷のひとつでスタート準備をととのえていた。未知者の探知を避けるために、深い峡谷の上にポジトロン偽装ネットが張られている。低高度からであっても、視覚的には植物の生えぬ道なき土地にしか見えないだろう。技術的にはるかに高度な未知者の質量走査機ですら、これといったものは発見できないはずだ。

ところがスタートの直前、コードネーム〝ノア作戦〟全体に重大な危機をもたらす事件が起きたのである。

その出来ごともまた、映像でとらえられていた。

全長二十メートル弱の、翼をそなえた未知者の監視船が、アンデス山脈上空を低速で飛行し、何度も旋回した。未知者が疑いを持ったのか、型どおりのパトロールであったのか、それは判然としない。

この映像を撮影していたカメラは高所の岩の亀裂にかくされていた。それがすべてを詳細にとらえている。監視船は次の旋回で偽装ネットの真上を通過するはずであった。とはいえ危険はない。超高感度の装置であっても、感知するはずはないのだから。

だがそのとき、信じがたいことが起きたのである。

人類は千五百年以上も前から、絶滅の危機に瀕したコンドルを救い、数を増やしてきた。やがて翼幅三メートルをこす巨大な鳥は、人の住まぬ南アメリカ山岳地帯の覇者に返り咲いた。自然界に敵はいない。

ゆっくりと飛び、そのうえ翼をそなえた飛行体は、巨大な鳥の好奇心を刺激した。みずからの縄張りへの侵入者に対する怒りをもかきたてたようだ。

　ローダンとラス・ツバイ、さらにショルシュも、何百年も前に撮影された鮮明な映像にひきこまれていた。

　コンドルは飛行体よりも高く飛び、敵と思いこんだ物体に矢のごとく急降下した。このときはじめて、聞きおぼえのない声が説明をくわえた。

「未知者の飛行体に乗員はなかった。中央ステーションから遠隔操作をされていたのだろう。コンドルはアンテナに衝突し、すぐに死んだ。飛行体はコントロールを失い、墜落した。いま、われわれの問題は次のとおり。偽装ネットを貫通した墜落のさいに、自動監視カメラは作動していたのか、否か。作動していたならば、われわれのかくれ場は発見されたということ。急遽《きゅうきょ》スタートする必要がある。一時間以内に決断をくださなければならない」

　ふたたび文字があらわれた。

　技術者グループが飛行体の残骸を発見し、分析した。機内には実際に自動カメラがあったが、破損していた。したがって、カメラが墜落の模様とかくされた宇宙船を撮影し、送信したかどうかは、不明なままである。

　チーフは、その日の夜にスタートせよと命令をくだした。

　その宇宙船はかつて、銀河医師種族アラスの医療船だった。今回の計画にこの宇宙船を選んだ理由を、チーフは仲間に説明する必要はなかった。壮大な計画は充分に理解されていたから。過去にバリアを内から外へと突破しようとしたテラナーたちが、なかば狂気におちいって地球にもどってきたからである。

直径二百五十メートルの球型宇宙船は、積載能力を高めるべく外部構造物をいくつかそなえていた。だが、医療セクションの大半は手をくわえられぬままとなっている。そこをノア・チームのアラスが担当していたのだ。

リンデンバーグは、ほかの専門家たちの協力を得て、バリアに開いた比較的大きな穴を探知し、位置を特定していた。重要なのは、《方舟《はこぶね》》が障害なくスタートし、ハイパー空間へと逃れることである。

ふたたび映像記録が再生された。ローダンとツバイとショルシュは、何百年も前の出来ごとの目撃者となった。

*

その宇宙船は、つねにすくなくとも三十名の乗員の投入を必要とした。ノア・チームのメンバーは百名。アラスが首席宙航士に任命されたが、名前は触れられていない。

未知の支配者の技術がどれほど進歩していたにせよ、銀河系での作戦行動はその途についたばかりであった。だからこそ、チーフは突破と脱出に成功すると考えていたのである。

月のない夜であった。いつものように蒼穹《そうきゅう》で星々がきらめいている。偽装ネットが解除された。同時に、峡谷の深みからアンデスの冠雪した峰の上空へと、反重力フィールドが宇宙船を押しあげる。リンデンバーグが指揮官の任をひきつぐ。

エンジンが始動。

宇宙船は高加速したが、加速圧は感じられない。一面の星空へとスタートし、直後、ハイパー空間に入る。

「あまり距離は出ていないな」方位確認のため通常空間に復帰すると、リンデンバーグが操縦士に告げた。「コースは正確だ。したがって再度ハイパー空間に入る！　いまだ！」

探知していたバリアの穴のわずか数光分前で、《方舟》はアインシュタイン宇宙に復帰。走査機上では、穴は鮮明に見えている。宇宙船は光速ぎりぎりで轟然《ごうぜん》と穴を通過した。ただちにハイパー空間に入る。

うまくいった。

チーフは全セクターから報告を受け、安堵した。精神を損なった者はいないという。バリアによる病いの症状をしめしている者は、だれもいない。

「Ｍ‐３０へのコース上にあります」アラスの操縦士が報告。

「五百光年だ」リンデンバーグが確認し、アラスの肩をたたいた。

そして映像が消える。

ふたたび文字があらわれた。

＊

慎重を期すため、さらにはシュプールを可能なかぎり消すために、《方舟》はくりかえしハイパー空間をはなれ、コースを変更し、ふたたびひとつ上の次元に姿を消すよう、チーフは命じていた。

そのような航行フェーズのひとつにいたときである。やはり姿が見えず、名も明かさぬチーフが、みずからの計画についてくわしく説明した。冷静な、だがすっかりゆがんだ声で。いかにローダンが集中しても、その声や言葉から、聞きおぼえのあるところは見つけられなかった。

「これまでに得られた知見から考えるに、銀河系諸種族が内部からの動きにより未知支配者の軛《くびき》から解放されるのは不可能である。狂気のバリアが完成すれば、希望はさらに失われる。だからこそ行動しなければならない。

われわれ、惑星サトラングで基地を建設する。銀河系への突入を何度も試みる勇敢な者たちの治療施設も併設しよう。あのバリアを突破しようとすれば、何者であれ、外側からでも内側からでも、精神を損なうのだ。軽度になるか重度になるかは、バリアの作用領域に滞在した時間の長さによる。

アラスによれば、必要な手段があれば患者の治療は可能だという。とはいえ、有効な薬は、時間だ。重症の場合でも、静養と忘却が回復を助けるはずだが、何年も何十年もかかる場合もありうるそうだ。

これからさらに二回、通常空間に出て、二回コースを変更したのち、目的地に到着する。いまのところ追っ手は探知していない。成功したものと、わたしは確信している。とはいえ仕事は山積しているのだ。荷室の作業ロボットが役にたってくれるだろう」

サトラングへの着陸、そして基地の建設は、ふたたび映像でしめされた。一部は早送りで。

宿舎が建てられた。ついで、一棟めの比較的大きな建物が、到着の予想される患者を収容するために。さらに、大規模な作業グループが投入された。基地からは距離をおいた場所に、記憶装置室のあるハイパー通信ステーションと、エネルギー供給施設が完成した。

このすべては、わずか数分でスクリーンにうつしだされた。だが、実際には長い年月が経過したにちがいない。地球からの脱出者や、ほかの種族の者たちも、みるみるうちに年をとった。多くが世を去り、やがて最初の宇宙船が到着して、患者を運びこんだ。

患者の多くは精神の混乱がはげしく、まだ生存しているアラスの治療を必要としたが、やがてサナトリウムにうつっていった。回復のプロセスを休養と時間にまかせるために。《方舟》の船体はその大部分が解体された。衛生設備はすべて建物の建設に、エンジンはエネルギー供給施設に利用された。ハイパー通信装置は、つねに周波を変えながら円形建物で作動している。のこる部品も有効に活用された。

チーフはこのころ、ついに隠者となり、ときおり登場した。ゆがんだ声は変わっていない。細胞活性装置があり、老化しないのだ。銀河系の支配者もまた、メッセージをとらえて発信源を特定するのではないか、そのような初期の懸念は解消しつつあった。支配者は、隠者とその活動を真剣に受けとめていなかったのかもしれない。あるいは、ほかの問題があったのか。

数十年が数百年となった。《方舟》でノア作戦を計画し、実行した百名の知的生命体のうち、生存しているのは隠者のみである。だが、有能なあらたな協力者を見つけていた。銀河系に向かおうとしてバリアにはばまれた、銀河系外の友好種族の者たちである。

アラスは正しかった。精神を損なった者は、時間とともに、ゆっくりと、だが確実に回復した。しかし、問題は生体ポジトロン脳をそなえたロボットであった。きょうは完全に正常化し、あたえられた任務をすんなりと実行したかと思えば、翌日にはふたたび混乱し、隔離することになった。

それでも隠者はあきらめなかった。助けをもとめる者を乗せた宇宙船が次々にやってくるのだ。すべての患者を受け入れるために、サナトリウムを拡大しなければならなかった。本来の目的、つまり、銀河系を抑圧者の軛から解放すべく、信頼のおける軍勢を編成するという目的は、まだ達成されていない。数名の天才的な技術者の協力を得て、精神の損傷なく狂気のバリアを突破する手段の開発は、進められていたが。

あの隔離バリアの本質的なメカニズムは、隠者には判明していたようである。だが、このきわめて重要な秘密は、だれにも明かさなかった。裏切りを恐れていたのかもしれない。あるいは、通信を盗聴されて、かれら最大の武器の秘密をつかんだことが、銀河系の未知者に知られるのを防ぐためだったのか。

施設の周囲に自動防御砦が設置された。通信インパルスで作動し、出現した標的をひとりでに認識するものである。この予防措置は不可欠だと隠者は考えたのだ。じつに不都合な事件ののちに……百年ほど前のことだろうと、ローダンは考えた。

探知センターが比較的大型の未知構造の宇宙船をとらえ、通信で呼びかけた。だが、応答はない。宇宙船はサナトリウムの敷地外に許可なく着陸した。ハッチが開き、見たこともない構造のロボットが大量に出現。警告なく、患者や建物に砲火を浴びせる。

このような攻撃にそなえのある者はいなかった。だが、隠者が命令をくだすと、回復者や投入可能な戦闘ロボットが動いた。敵を殲滅《せんめつ》し、宇宙船も破壊。とはいえ、その出所は永遠の謎となった。

銀河系の支配者が送ってきたのだろうか？

この問いへの答えはなかった。しかし、隠者にはかれなりの推測があった。

「定かではないが、あのロボット船が銀河系からきたとすれば、系内にいるあらたな支配者は、みずからが張ったバリアを内から外へと障害なく通過することはできないと考えてよかろう。だからロボットを送ってきたのだ。だが、そのいっぽうで、わかったことがある。生体ロボットもまたバリアで異常をきたすが、あのロボットはそうではなかった。

したがって、支配者自身もまた、内外から問題なくバリアを通過できる可能性はきわめて高い。あの破壊されたロボット船を送ってきたのが支配者だということが前提になるが。とはいえ、われわれの基地を破壊するためになぜみずからこないのか、それは謎のままだ」

4

そのきわめて弱い思考インパルスは、南東のほうからきていた。距離さえわからない。

ますます弱まっていく思考パターンの発生源に向かって、方角を変えずに短距離テレポーテーションで接近していく。グッキーにはそれ以外の選択肢はなかった。

ハイパー通信ステーションはとっくに見えなくなっている。ショルシュも連れてきたかったが、あのグラドがいなければ、ペリー・ローダンとラス・ツバイは隠者の記録を呼びだせないだろう。

平坦な山あいの高台で実体化し、休憩した。目的地に近づいているとはいえ、隠者の思考はひとつも理解できる言葉には変換できなかった。ひとりごとをいっているようでもあり、まだ助けはくるという希望をすっかり捨てたようでもあった。

それまでかくされていた岩盤シャフトから、一基の防御砦が二百メートルほどの高さにせりあがってきた。ちいさめのエネルギー砲は明らかにこちらを狙っている。

自動装置であろうとなかろうと、グッキーは逃げるしかなかった。衝動にまかせてテレポーテーションしたが、従来の方角にではなく、防御砦へ向かう。砦の裏、わずかな距離に再実体化。あの砲台は自動操縦にしては動きが遅すぎる、イルトはそう気がついたのだ。

ロボットでも、もっと速いはずだ。くわえて、ぼんやりした思考インパルスをとらえる。隠者のものではない。両者の思考パターンは、部分的に重なりあっているとはいえ。テラナーだ。いや、宇宙的規模のカタストロフィの前に、銀河系外の無数の基地や入植地にいた、テラナーの後裔《こうえい》種族かもしれない。

砲台がゆっくりとまわりはじめる。グッキーに向かって。すぐに決断をくだす。かんたんにとらえられる砦のテラナーの思考を探り……ジャンプ。

半自動砲台の制御盤のそばにいた男は、死ぬほど驚いた。後方からイルトのぴいぴい声がして、任務をさえぎられたのだ。

「ねえ、頭に目がついてないのかな。それとも、火縄銃の前にきたものは、ぜんぶ撃っちゃうの？　ほら、振りかえってみなよ。ぼかあ、きみと話してるんだ！」

男はグリーンの制服を着ていた。グッキーは思わず、古き時代を思いだす。男は蒼白になってネズミ＝ビーバーを振りかえった。ゆっくりと砲台の制御盤から両手をはなす。

上方の目標スクリーンには、無人の高台が見えるばかりである。

「ほら、驚いてるんだろ？」グッキーは男に近より、片方の前足を肩に乗せた。「とにかくおちついて、友よ！　まだ正常にもどっていないのかな。それとも、バリアのかけらがいくつか、混乱した頭に入りこんでる？　ねえ、話してよ。時間はいくらでもあるわけじゃないんだから」

　グッキーは気がついた。男の思考は混乱しているが、この状況ならば、いたって正常である。

　テラナーは唾《つば》をのみこんだ。

「わたしが受けた命令は、この高台のいかなる生物をも排除せよというものだ。それに麻痺ビームしか使っていない。つまり、きみは数時間だけ眠っていればいいということ。しかし、きみは何者なのだ？」

　このグッキーを知らない者がいる。その事実のために、イルトは数秒間、言葉を失った。そこに自分を知らないテラナーがすわっている！　それだけでもショックだった。この男は、ほんとうに正常なのだろうか？

「ぼくがだれなのかは、ふさわしいときがくればわかるよ」それでもグッキーはおちつきはらって、「まずは知っておきたいな。きみが何者で、きみに高台を見張れと命じたのは、だれなのか。だから……？」

「隠者……それがわれわれのチーフだ。つまり、ここのすべてをつくりあげた人物。一度も会ったことはない。かれ、銀河系に突入しようとしたあらゆる種族の者を受け入れている。そして……」

「そうだね、それはとっくに知ってる。きみはだれ？　どうやってここにたどり着いたの？」

「わからない。記憶力に欠陥があるのだ。ひとつ漠然と思いだせるのは、あの当時の状況がバリアと関係していることだけだ。その前になにがあったか、どうやってここにきたのか、それはわたしの知識からは抜けおちている。それにここには、わたしの問いに答えられる者はいないようだ。わかるのはただ、長いあいだ治療を受けていたこと、そして最後には治って退院したことだ」

　グッキーは肩をすくめた。この男はほんとうになにも知らない。たったいま話したとおりだ。

「どこで隠者を見つけられるのか、知ってる？」結局、そうたずねた。

「正確には知らない。だれにわかる？　山のどこかにかくれている。ここの南西に」

「むしろ南東だと思ってたよ」

「そうかもしれない。きみのほうがよく知っているようだ」そういって、てのひらでひたいをたたく。「どうやってここに入ってきた？　正直にいってくれ、ミュータントみたいなものか？　まさか、あのちびってことはないよな、あの、歴史に何度も名前が出てくる？　あの生意気な……」

「いますぐ、その制服に一発くらわしてやってもいいんだぜ」グッキーは警告した。だが内心、自尊心をくすぐられて饒舌《じょうぜつ》になった。「そうとも、ぼくがそのちびさ。ついでにぼくの名前も思いだせたら、きみはぼくの友だ」

　テラナーは最初よりも緊張が解け、動けるようになったようだ。もはや指令インパルスがとどかないため、防御砦はシャフトにもどっている。

「ネズミ＝ビーバーだ！」男は叫んだ。すっかり顔を輝かせて。「伝説のイルト！　だからグッキー！　あってるかな？」

「あたり！　それできみは？」

「わたし？　わたしはだれでもない。記憶を失ったただの男だ」

「それじゃあぼくは、きみを〝だれでもない〟って呼べばいいってこと？」

「ビクスビーのほうがいいな」男は自分の名前を思いだしたようだ。「それか、とにかく、そんな感じだ」

「わかった、ビクスビー。そろそろきみにあらたな状況を教えてあげる時間だ」グッキーは手短かに、だが、つらいこともはぶかずに説明した。ビクスビーは隠者の死が近いと聞いて、ショックを受けたようだ。「もうわかったよね、どういうことか。でも、たとえあの隠者と名乗る不死者が死んでしまっても、ここの計画は続行されなきゃならない。だれかが新しいリーダーになって、ひきつがないといけないんだ。いろいろ調べてみたんだけど、この惑星には、バリアの狂気から回復した宙航士が連れていかれた場所があるはずなんだ。そこで銀河系のあらたな支配者に対する攻撃の準備が進められているらしい。なにか知らないかな？」

「なにも知らない」ビクスビーは期待に反する返事をした。「噂はあるが、それだけだ。回復した者には、能力に応じて任務があたえられる。この砦にひとりでいるのがどれほど神経にこたえるか、わかるか？　三カ月ごとの交代なんだが、まだ二カ月だ。おまけにはじめてときている」

　貴重な時間をむだにしていると、グッキーはわかっていた。だが、付随的な情報も重要なのだ。やがてひとつ、思いついた。

「ビクスビー、きみはここにいなくてもいいんじゃないかな。だれもサトラングを攻撃したりなんかしないだろ。いまはまだ。それに……」

「われわれはすでに攻撃された」テラナーは強くさえぎった。「まる二日前のことだ。技術施設はひどくやられたにちがいない。夜だったから、エネルギー閃光はここからでも見えた。だが、ここの南か、むしろ東のほうでもなにかが起きた。わたしには、なにもできなかった。わたしの身にはなにも起きなかったし、命令はとどかなかったから」

「ね、だからいったんだ。きみはここにいなくてもいいって。そのふたつの攻撃は隠者の窮地と関係がある。ほら、ぼくが考えてる方角へ、いっしょにテレポーテーションしよう」

「テ……テレポーテーション？」ビクスビーは驚いて切れ切れにいった。

グッキーが手を振る。

「なんでもないよ。きみなんてどうってことない。この前足で連れていってあげる。指一本ってやつだ。だから何秒かしずかにして。隠者の思考を探らなくっちゃ。さもないと、どこでもないところに着いてしまう」

思考インパルスはやはり弱くにしかとどいていない。驚いたことに、隠者はだれかと話している。思考の中身はひとつも理解できないとはいえ。あるいは、隠者は通信を発しているのか……どこに向けてであるにせよ。

サトラングには、第二のハイパー通信装置があるのだろうか？　それとも、サトラングの住民だけに向けた送信なのか。

ネズミ＝ビーバーは、それ以上は説明せず、テレポーテーションという未知の冒険を緊張して待つビクスビーをつかんで、ともに非実体化した。探りだした方角へ十キロメートルほどの場所で再実体化。テラナーの手をはなし、周囲を見る。

早めに視覚で目的地を見ていて助かった。さもなくば、ひどい着地になっていたはずだ。それでも南北にのびる山脈の細い尾根に、ビクスビーとともに立っていた。

下のほう、東の方角に、ひろびろとした谷がある。川がうねりながら流れ、川岸には密な森があった。

谷のまんなかで低い高台が隆起している。侵食でできたのだろう。その高台の上に、平坦な屋根をした大きな長方形の建物があった。

隠者の思考インパルスは、そこから発せられている。

*

あわてて行動して、早く目的を達せられることは、めったにない。

グッキーはその経験則を肝に銘じた。高台や建物に対するエネルギー攻撃のシュプールに気づいたのだ。ビクスビーが口を開く。

「わかっていたとも。ここもまた攻撃を受けたのだ。たしかなのか……ここに隠者がいるというのは？　まだ生きているのか？」

「死者は考えたりしないよ」グッキーが応じる。「でも、感じるんだ。隠者のそばにいた仲間や協力者たちは、死んでしまった。サトラングを攻撃したあの宇宙船のせいでね。きみはなにも気がつかなかったの？」

「影が砦のスクリーンをかすめただけだ。すべてが終わったとき、猛然と遠ざかっていった。その前にはなにも見ていない」

「ほんとにぼんやりしてたんだな」と、イルト。「そりゃそうだよね、ひとりぼっちで地下にいたんじゃ。責めてるんじゃないよ。それじゃ下に行ってみよう。次のジャンプでおしまいだ。もう新しいことでもなんでもないよね」

「なんだって慣れるものだ」ビクスビーはしぼりだすようにいい、グッキーの前足をとる。

一秒も経過せぬうちに、二名は巨大な部屋のまんなかにいた。まちがいなく実験室だったところだ。

〝だった〟!

サトラングに襲いかかった未知者は、ここを蛮人のごとく荒らしたにちがいない。技術装置やそれらしきものをすべて、手あたりしだいに撃っている。まだ刺すような煙のあがる個所もあるが、火はおさまっていた。

グッキーはひと目でわかった。すべてが完全に破壊されたわけではない。未知者はそうするだけの時間をかけなかったのだ。

なにか、もっと重要なものがあったということ。

隠者だ！

「頭のおかしいやつがきていたようだな」ビクスビーが論理のかけらを見せる。「なぜサナトリウムのほうを攻撃しなかったのか、知りたいものだ」

「しずかにして」と、ネズミ＝ビーバー。「隠者を見つけなきゃ。すぐ近くだよ。いま、前よりも強く思考を感じてる。でも、まだ充分じゃないんだ。ぼんやりつっ立ってないで、いっしょにきて！　ここでできることは、なんにもないよ」

「そこの上に記憶装置室がある。もしかしたら……」

「あとでね。時間ができたら。いまは隠者のほうがだいじだ」

「方角はわかるのか？」

「かなり正確にね。ななめ下に行かなきゃなんない。だから隠者は、高台の地下にいるんだ」

二名は、なかば破壊された実験室を慎重に横ぎった。グッキーは何度も、ここの装置はテラに由来していると感じた。隠者はテラの細胞活性装置保持者のはずだ、その思いは強まるばかりである。裏づけはなくとも。

リフトを見つけたが、信用ならなかった。もう一度テレポーテーションするにしても、この状況ではリスクが高すぎるような気がした。それに、必要ないかもしれない。

「階段を！」ビクスビーが声をかけ、右をさししめした。

下へとつづく、ありふれたベトンの階段である。ここにも破壊のあとがあった。グッキーが先にたつ。

階段は通廊にぶつかって終わった。実験室の下、すくなくとも二十メートルのところにいる、そうイルトは感じた。通廊は左右にのびている。

隠者の思考インパルスは左からきていた。

「もうすぐ着くよ」グッキーがビクスビーにささやく。

その声は不安を帯び……それでも確信に満ちていた。

両側の閉じたドアは無視する。思考インパルスは二、三分のあいだ強まっていたが、つきてしまった。まだグッキーに感じとれるのは、混乱した感情パターンのみである。意味はなしていない。絶望や、失意めいたものをのぞいて。

まっすぐに、通廊右側の大きく開いたドアへと向かった。一瞬ためらい、部屋に足を踏み入れる。ビクスビーが慎重につづく。

大きな部屋ではない。壁面に技術装置がそなえられているが、むしろキャビンだ。おさえられた照明のなかで、ベッドに身をのばした姿がぼんやりと見えるのみ。

老人の顔は、先にスクリーンで見たさいよりもやつれていた。だが、部屋が暗いせいかもしれない。

イルトはゆっくりとベッドに向かった。ビクスビーはドアの近くで立ちどまる。

死にゆく者は、やっとのことで目を開けた。ネズミ＝ビーバーの姿を認め、起きあがろうとしたが、すぐに頭を枕にうずめる。

「きみ……グッキー。わたしを見つけてくれた……遅かった」

イルトはいまなお、ミイラのような顔に見おぼえのあるなにかを見つけられずにいた。椅子をひきよせ、腰かける。

「ぼくはきみを知っているはずなんだ、隠者。きみは、だれなの？」

死にゆく者は答えようとしたが、声を出すことはできなかった。思考インパルスまでもが弱々しくまたたくばかりで、最期が近いと告げている。

細胞活性装置！

あわてて自分の装置を頸からはずし、なかば意識を失った隠者の胸にのせる。細胞活性装置は、死にゆく者のからだに生命維持エネルギーを流しこむはずだ。急速に迫る死を防ぐことさえ、できるかもしれない。

イルトは待った。まだ変化はないが、隠者の呼吸は安定してきたようだ。

「それはなんだ？」ビクスビーが近よってきて、細胞活性装置をさし、たずねる。

グッキーはしぐさで返事を断り、黙るように合図をした。

イルトの意識は死にゆく者だけに向けられていた。隠者はわずかに動き、身を起こそうとする。グッキーはそれをベッドに押しもどして、細胞活性装置をふたたび胸にあてた。

数秒が経過する。永遠のように感じられた。隠者の呼吸は安定している。それでも、顔はさらに老化したように見えた。崩れ去ろうとするかのように。

だがそのとき、予想に反して、死にゆく者が濁った目を開き、グッキーを見たのである。

ゆっくりと、震えながら、きつく結ばれていた唇が動く。ためらいがちに口が開いたが、苦しげな喘鳴がもれるばかりである。

グッキーは細胞活性装置に前足をのせた。軽く押せば、効果が強まるかもしれない、そう望みをかけて。いくらかはうまくいったようだ。聞きわけられない喘鳴が、ささやき声となる。だが、理解を助けてくれる思考インパルスはとどかない。

隠者の脳は、すでに死を迎えたも同然になっていた。しかし、細胞活性装置が最後の力をあたえ、身をかがめるイルトの耳に、いくつかの言葉をささやいた。

数秒後、隠者はついに帰らぬ人となった。

グッキーは無言で細胞活性装置を頸にかけた。悲しみとともに、死者の目を見つめる。いまや、わかっていた。隠者が、だれであったのか。

5

ペリー・ローダンとラス・ツバイは、はっきりと理解していた。いま、記憶装置のなかで何百年も前から呼びだされるのを待っていたメッセージを、受けとったのだと。保存されていた情報で充分である。

ショルシュは、おのれの義務をはたしたと考えているようだ。記憶装置室を歩きまわっては、あちこちでキイを押し、スクリーンに映像や文字があらわれるのを見てよろこんでいる。

「グッキーの行方のほうを、なんとかしなければなりませんね」ツバイがいう。

「それに隠者だ。グッキーが見つけたともかぎらん。ちびは通信装置を持っているのだろうか」

「ためしてみましたが、応答なしです」

「いちばんかんたんなことを思いつくのは、いつも最後になってから。そういうものだ」ローダンはネズミ＝ビーバーをかばおうとした。「ならば、探すしかあるまい」

「ええ、もちろんです……いちばんかんたんなこと。そこの壁を見てください、ペリー。なんだと思いますか?」

ローダンはすこし目を細めてうなずいた。

「勘ちがいでなければ、見取図だな。見てみるとしよう。ショルシュがなにか教えてくれるかもしれない。かれ、どこへ行った?」

「装置で遊んでいますよ。もう重大なものはないでしょうし」

それは実際に、この施設の三次元見取図だった。だが、それだけではない。

見取図によれば、施設の下にさらなる技術装置がある。転送機もあった。双方向転送機である。その構造から、最新式ではないとローダンはひと目で見ぬいた。したがって、わずかな距離の転送しかできないはずだ。

「インターコスモで、ＳとＥとありますね」ツバイがつぶやく。「この記憶装置室と隠者のことかもしれません。しかし、残念ながら通常のやり方では動かせないようだ。操作盤があるように見えますか? ホログラムなのでしょう」

「それは転送機を見つけてから考えよう」ローダンは振りかえり、ショルシュを呼んだ。グラドは、すこしはなれた場所の装置を、周囲をうろうろしながらいじっている。「きてくれ、ショルシュ!」

グラドは立ちどまったが、叫びかえした。

「あなたがこっちにきたほうがいいですよ。重要かもしれないものを見つけました。ただ、コードを入力する必要があって」

ローダンはツバイに目をやり、先にたった。このグラドは、これまで類を見ない貢献をしている。今回はちがう、などということがあるだろうか？

文字表示用の小スクリーンの下に、記憶装置の本体がある。だが、これまでに見たものとは明らかにちがっている。

「これはなんだ？」と、ローダンがたずねた。

「正式な名称は、わたしにもわかりません。ですが、隠者がこの装置を経由して指示を出していたことは知っています」

「だれに？」

「チームにです。ここに配置されて、任務をはたしていた」

「そのチームはいまどこにいる？　だれも目にしなかったが」

「未知宇宙船の攻撃のあとで安全な場所に移動したのでしょう。でもいずれにせよ、この施設はたいてい無人なんです」

ローダンはスクリーンをさししめした。

「隠者は文字で指示を出していたのか？」

「テレタイプライターのようなものです。記憶装置とつないで、指示をいつでも呼びだせるようになっていました。しかし、あなたがたをこちらに呼んだ理由はそれだけではありません。右上、スクリーンの上に、ちいさな光るマークがあります。見逃してしまいがちなのですが。あれが意味するのは、この記憶装置には、まだ呼びだされていない隠者のメッセージがあるということ。おそらく、ここの要員が撤収してから、あるいは、攻撃のさいに逃げたのちに、とどいたのでしょう」

このグラドにしては長い言葉であった。だが、ローダンもツバイもさえぎらない。訊かずともわかっていた。攻撃され、細胞活性装置を奪われたのちに、隠者は記憶装置にメッセージを送ったのだ。

「保存されたメッセージを呼びだせるか？」

「コードはわかります」グラドはあっさりといい、毛の生えた指の一本を目にもとまらぬ速さでキイの上に滑らせる。キイは三十個。そのいずれにも記号や文字は書かれていない。

今回も、ショルシュが触れたのは八個のキイであった。

スクリーンが点灯。文字があらわれる。

ゆっくりと、下から上へと文章があがっていく。急がずとも読みとれるほどゆっくりである。インターコスモで書かれていた。

以下のような内容であった。

〝銀河系のあらたな支配者は、何百年も待っていたのだ。わたし自身や、わたしがつくりあげたものに対して、ついになにかをしかけるときを。わたしが完成させてしまう前に。

支配者は死のコマンドを送ってきた。

奇妙なことに、そのコマンドは、わずかな破壊しかもたらさなかった。わたしが蓄積してきた知識を、いつか利用しようというのだろう。

かれらは監視ロボットを破壊した。司令センターに侵入したのち、わたしを打ち負かした。

殺したのではない。だが、細胞活性装置を奪っていった。したがって、わたしには六十時間強の時間しか、のこされていない。

しかし、かれらはとりかえしのつかない失敗をした。かれら、あるいは権限のないべつの者が、わたしの秘密を知ることのないよう、手配できるだけの時間を、わたしにのこしたのだから。

銀河系を孤立させているクロノパルス壁を、危険なく通過できる装置は、完成を目前にしていた。だが、この遺産をまかせられる者は、こなかった。

わたしが人生をかけた成果は、むだになった。わたしが待っていた友は、こなかったから。

わたしはあと数時間しか、生きることはできない。もうこれ以上は、待てない。これよりも遅くなれば、あまりにも弱り、自爆装置を起動させることが、できないかもしれない。したがって、いまやっておく。要員は、サナトリウムの敷地に撤収せよ。あそこは、安全だ。

同様に、この惑星の秘密の場所にいる、訓練中の戦闘部隊も、安全である。もしも、いつか、わが友が……ほかの安全な場所にも保存している、このメッセージを、見つけてくれたら……テラによろしく、伝えてほしい。

送信は、以上である。

隠者〟

*

かれらは長いあいだ黙っていた。最後の一行が、スクリーンの上端に消えるまで。

「あの隠者は、だれなのですか？」沈黙を破ったのはグラドだった。「あなたがたの友ですか？　あなたがたのことを話していたのですよね。ちがいますか？」

「そうだと思う」ローダンはうなずいた。「いつ、ここのすべてが爆発するか、なんの手がかりもない。ここを出たほうがいいだろう。ショルシュ、ステーションの下にある転送機のことはわかるな？」

「操作の許可は受けていませんが、いつか行ってみてもいいと、隠者は約束してくれました。しかし、待ってください。まだなにか、スクリーンにあります。まだオフにはなっていない。ほら……また文字が！」

そのメッセージはみじかく、かつ、重要であった。

「自爆は三時間十分五十秒後。

自爆は三時間十分四十秒後。

自爆は……」

「長くはないが、充分だろう」ローダンは冷静に、「グッキーを見つけなければ。ショルシュ、転送機に連れていってくれ！」

グラドは最後にこわごわとスクリーンを見て、歩きだした。

「なぜ破壊をとめないのです？」と、たずねる。

ツバイが答えた。

「とめかたがわからないからだ。それに、そもそもとめられない可能性がある」

見取図から明らかだったように、転送機は旧式だった。格子《こうし》扉は閉まっている。ショルシュがコードを入力すれば、開くのだろう。転送機自体は作動可能だ。

扉が閉まり、コンタクトが成立すると、すぐに格子でかこまれた空間の中身を送りだすはずだ。

天のみぞ知る、と、ローダンは考えた。この古めかしい装置を、隠者はどこで調達してきたのだろうか。動いてくれればいいが。

ツバイの顔にも不信感があらわれている。テレポーターがグラドにもの問いたげな視線を向ける。ついで土台の側面にとりつけられた、光のキイが三十個あるコンソールをさししめした。

「待て」ローダンがショルシュに、「まちがいないのか。コードがいつも同じだというのは？」

「わたしがサトラングにいるあいだに、コードが変わったことはありません。知る者はごくわずかなのです」

「わかった。それでは転送機を作動させてくれ。ラスとわたしのふたりだけで行く。三名を転送できるだけの性能はそなえていないかもしれない。そのうえ、自爆装置が隠者の居場所だけでなく、この建物をも破壊するのかどうか、わからないのだ。サナトリウムの敷地にたどり着くまで、きみには三時間ある。途中で会う者みなに警告を伝えてくれ。あとで管理棟で会おう」

グラドはこの決定に不満なようだ。

「わたしのちいさな友が隠者のもとにいるのです。それに、隠者は会おうと約束してくれました。いっしょに行かせてください」

ローダンはグラドの説得に十分という貴重な時間をついやした。かれがここにのこり、このステーションをできるだけ早くはなれるほうが、全員にとって安全なのだと。もしかしたら三時間後に破壊はされないかもしれない。だが、隠者のほかにだれがそれを知りうるだろうか？

完全に納得してはいなかったが、ショルシュはコンソールに歩みより、キイを見た。ためらったものの、テラナーのたのみは実行する。

今回、ローダンは気をつけて観察した。キイに触れていく順番を記憶しようとする。

十個のキイが三段にならんでいる。

最下段、左から三番め。

最上段の右からひとつめのキイ。

中段の右から三番め。次に最上段の右から二番め。中段の左から四番め。それから最上段の右から四番め。同じ段の左から五番め。そしてもう一度、中段の右から三番め。

よかろう、とローダンは考えた。このコードはわかった。だが、それでどうなる？　なぜこの順番なのか？　そしてなぜ、グラドはキイのうちのひとつを二回押したのだろうか。

触れるべき八個のキイの順番は、永遠の謎となりそうなシステムの秘密を伝えている。

転送機の格子扉がゆっくりと開いた。扉の枠と内部空間の外枠、ふたつの接触面は光沢を失っている。この装置は長いあいだ使われていなかったようだ。

「心配いりませんよ」ローダンの疑念に気がついて、ツバイが声をかける。「もしうまく動かなかったら、テレポーテーションですぐに出ますから」

「一秒遅れれば、無のなかというわけだな」

ショルシュがつぶやいた。

「だからいいアイデアだったんですよね。わたしをここへのこしていくのは」

ローダンはグラドにうなずきかけて、転送機に足を踏み入れた。

ツバイがつづく。ふたりは手をとりあった。もしものとき、一秒たりともむだにしないように。

扉がゆっくりと閉まる。

ふたつの接触面が近づいていき……格子扉がかちりとはまった。

グラドは、にわかに無人となった格子のなかを凝視していた。やがてきびすを返し、記憶装置室へ、そして外へとつづく階段を駆けあがっていった。

6

それは充分にありうることであった。ビクスビー、あるいはほんとうの名前がなんであれ、かれが、イルトの泣く姿をはじめて見たテラナーとなったのは。

グッキーは立ちあがった。死した隠者の胸から、細胞活性装置をそっととりあげ、ふたたび頸にかける。そのとき、もはや涙をこらえることはできなかった。

ベッドのはしに腰かけて、イルトは虚空を見つめていた。流れおちる涙は、上半身の毛皮に吸いこまれていく。

ビクスビーはとほうに暮れていた。声ひとつ出せず、なぐさめの言葉など、いまここではなんの役にもたたないと、わかっていた。最後の瞬間に、ネズミ=ビーバーは死者の名前を知ったのだ。友だったにちがいない。何百年も前から知っていた、だれかなのだ。

数秒間、ビクスビーの視線は、グッキーがまだ着衣の下にかくさずにいる、卵形のちいさな物体に向けられていた。常軌を逸した思考がテラナーの頭をかすめる。だが、イルトの顔に名状しがたい悲しみを見てとって、永遠の命を望んだ自分を恥じた。ゆっくりと部屋の奥に向かうと、シートに腰かけ、黙って待つ。

　グッキーが目をあげた。

「実験室にあがって、そこでぼくを待っていてくれるかな。すぐに行くから。ぼくの友がいきなりあらわれても、驚かないでね。友にぼくの居場所を伝えてほしい。もしもまだ、ぼくがこの下にいたら」

　ビクスビーは返事をせずにうなずいた。不可視の重荷を背負っているかのように、身も重く部屋をあとにする。ひきずるような足音が通廊に響く。

　グッキーはいま、死者とふたりだけであった。

　死者を見つめたが、その目は涙でぼやけ、はっきりとは見えなかった。だから、なにかのまちがいだと思った……このしわらだけの顔に、ほんとうに変化があらわれているだろうか？　前よりもミイラのようで、老化したように見える。しわは深くなり、閉じられた口はさらに細い。眼窩《がんか》のまわりには、ひびのようなしわが入っている。

　なにが起きるか、グッキーにはわかっていた。細胞活性装置保持者ならば、だれもが知っていることだ。いつか、遠い未来のある時点で、細胞活性装置が機能不全を起こすか、装置を失うかしたときに、なにが待ちうけているのか。

　真の永遠の命は存在しない。

なにかに憑《つ》かれたように、グッキーはベッドのはしから立ちあがり、最後にひと目、徐々に塵と化していく隠者を見た。部屋を去る。避けられぬ事態を、見なくてもすむように。

半時間後に、もどってくればいい。

*

転送機は問題なく作動した。

ペリー・ローダンとラス・ツバイは、格子のかこいから出ると、巨大な実験室の片隅にいた。

足音が聞こえ、緊張がはしる。

その部屋はひろく、すぐに見つかる心配はなかった。だが、ローダンは違和感をおぼえた。この実験室には、記憶装置室と同じように要員がいない。目前に迫る自爆への警告は、ある程度正常な者にはとどいたのだろう。

それでも足音がしている。

奇妙に足をひきずるような音だ。その未知者は、ときおり立ちどまって、音がやむ。

だが、ふたたび近づいてくる。

ツバイがようすを見ようと、低く身をのりだした。ローダンにささやく。

「人間です。なぜほかの者とともに、サナトリウムへ逃げなかったのでしょう」

「距離は四十キロメートルあるのだ」ローダンが指摘する。「とにかく訊いてみよう。武装はしていないようだ」

ビクスビーは、グッキーの忠告を聞いてはいたが、いきなりインターコスモで話しかけられ、驚愕した。同時に二名の男がかくれ場から出てきて、向かってくる。

「はじめまして、だな、友よ。なぜほかの者とともに逃げなかった？」

ビクスビーは動転し、すぐには返答できなかった。黒い肌をした男がのばしてきた手を、おずおずと握りかえす。もう一名の顔には見おぼえがある気がした。その者とも握手をして、話せるようになる。

「ここでだれかと会ったことはありません。当然ですよ。わたしはほとんどの時間を地下の砦ですごしていたんですから。あなたがたは、ここにきたばかりですか？」

「そういえるだろうな」ローダンは同意して名乗り、ツバイを紹介した。「われわれ、隠者を探している」

ビクスビーは目を伏せ、視線をそらした。ためらいがちにみずからの名を告げ、それがほんとうの名前か、どこからきたのか、わからないことも明かした。それからようやく、ローダンが問いかけぬ問いに答えた。

「隠者は死にました。亡《な》くなるとき、そばにいたのです。グッキーと名乗るちいさな異星人もいました」

「死んだ……？」手遅れだったのだ、その思いがローダンの脳裏をかすめた。「隠者はどこにいる？」

ビクスビーが居住セクターへの道を説明する前に、二メートルはなれた場所でネズミ＝ビーバーが実体化した。その目はまだうるんでいる。だが、最初のショックは克服したようだ。それでもうなだれたようすで、恐ろしい出来ごとを二名の友に告げるにふさわしい言葉を見つけられずにいる。

避けられぬ事態を先のばしにするために、さらには、それがかれら全員にとって生死にかかわる重大事でもあるために、イルトは奇妙にくぐもった声でいった。

「とっくに作動してる自爆装置は、いまにも爆発するかもしれない。ここをはなれなくっちゃ！」

ローダンはなだめようとした。

「時間はまだ二時間以上ある。それまでに安全な場所へ行けるはずだ。ある記録から情報を得たのだ。だが、それはあとでよかろう。もう話してくれ。隠者とはだれなのか……いや、だれだったのか。われわれの知っている者なのだな。きみを見ればわかる。たのむからいってくれ、グッキー！」

ネズミ＝ビーバーは唇をかたく結んだ。そしてローダンもまた、褐色の目からあふれる涙を、はじめて見たのであった。

　声にならぬ声で、グッキーはささやいた。

「隠者は、ジェフリー・アベル・ワリンジャーだったんだ……」

*

　ラス・ツバイの黒い顔が、翳《かげ》のあるグレイに変わった。身動きひとつせず立ちつくしている。にわかに石と化したかのように、からだのすみずみまで動かない。その視線はネズミ＝ビーバーをすりぬけ、虚空を見つめていた。やがて、ようやく目がうるみ、両手で顔をおおった。

　ローダンは、最初のショックを克服するまで一秒ほどの時間を要した。きびすを返し、ほかの者とは距離をおいて背中を見せる。だれもその顔を見ることはできなかった。グッキーは思考を読もうともしない。

　ビクスビーにはその場の雰囲気が理解できなかった。痛みに満ちた沈黙を破ってしまうことにも気づかず、口を開く。

「ワリンジャー……？　聞いたことがあります。天才的な科学者ではありませんか？　あの……」

「黙って！」グッキーが荒々しくどなった。

ビクスビーはぎょっとしてあとずさり、無傷の実験テーブルのそばに行って腰かけた。グッキーと二名のテラナーにとり、この喪失がいかに大きなものか、ようやくわかりはじめていた。

ローダンが手の甲で目をぬぐい、振りかえるまで、長い時間が経過した。

「わかっていてもよかったはずだ。これほど壮大な計画を、みずからの力で実行できる者が、かれのほかにだれがいる？　銀河系のあらたな未知の支配者と戦う抵抗の土台を築ける、天才的な頭脳の持ち主など、かれしかいないではないか。狂気のバリアの本質を見ぬき、われわれがそのシュプールをさらに追えるような名前を、つまりクロノパルス壁という名前をあたえることができた者は、かれをおいてほかにはいない。かれ、ジェフリー・アベル・ワリンジャーのほかには！」

ツバイの顔にゆっくりと、本来の肌色がもどってきた。

「天才的な科学者を失っただけではありません。友をも失ったのです。このすべての痛みとともに、クロノパルス壁という言葉を忘れないようにしましょう。通過不能に思えるあのバリアは、時間と関係している。いまこれを口にして申しわけないが、ペリー、これは重要なのです。時間、あるいは時間転移に関係するバリアは、同じ手段によって中和できるはずだ。ただわからないのは、あの壁を突破しようとした者すべてが、なぜ狂気に……あるいは狂気に近い状態におちいってしまうのか」

　グッキーはその話題にはとりあわなかった。すくなくともそう見えた。なにかを探して周囲を見わたす。

「ワリンジャーは半時間前に死んだんだ。この施設は二時間もしないうちに爆発する。だから、ぼくたちだけじゃなくて、死んだ友の亡骸《なきがら》も、そろそろ安全な場所にうつしたほうがいい、そう思わない？」

　ローダンはきびしい顔でいった。

「きみのいうとおりだ、ちび。ここで、なにかふさわしいものを見つけられるだろうか？　急ぐべきだ」

　ビクスビーは、再生される映像をわきから眺める観客のごとく、すべてを見ていた。だが、ゆっくりとわかってくる。どれほど悲劇的な出来ごとの目撃者になったのか。テーブルをはなれて、三名に近づいていく。

「ケースが収納されている棚の場所はわかります。この近くです。実験室の向こう側ですから。しかし、ふさわしいものがあるかどうか……」

「いまはそれでいいよ」グッキーがその言葉をさえぎった。「まにあわせのものでいいんだから。連れていって！」

　イルトはツバイとローダンにうなずきかけた。

「すぐにもどるよ。ここで待ってて。下には行かないで」

　わずか数分後、グッキーは材質不明の壺形容器を両手でかかえたビクスビーとともにもどってきた。

「ここにいてね」ネズミ＝ビーバーはもう一度たのんだ。「ぼくがかたづけるから」

「ありがとう」と、ローダンはいった。みずからの知るワリンジャーの姿を、記憶にとどめておきたかった。

　ツバイは黙ってうなずいたのみ。

　グッキーはテレポーテーションをしなかった。壊れないよう、容器をしっかりと胸に押しつけたビクスビーとともに、階段をおりていく。〝隠者〟と名乗り、実際に隠者でもあった、男の居室に向かって。

　だが、この惑星のどこかで、さまざまな種族の者たちが、銀河系のあらたな支配者に対する攻撃の合図を待っているのだ。

　かれら、むなしく待つことになるのだろうか？

＊

　ショルシュは急ごうとしていた。サナトリウムの敷地まで、十キロメートル弱。それはわかっている。時間は三時間。たどり着けずとも、いざとなれば野原のどこかで安全な場所を見つけられるだろう。記憶装置のあるステーションが爆発しても、ぶじにやりすごせそうなところを。ここからさらに三十キロメートル南、あるいは南東にある実験室はどうなるのだろうか。とはいえ、あれが爆発しても、かれにとり危険ではない。

結局のところ、なにもわかっていないのだ。サトラング当局から監督者の地位をあたえられたとはいえ、真の秘密は知らされていなかった。しかし、回復者のあいだで流れている噂はあった。

この惑星のどこか、とにかく十一の大陸があるこの世界のどこかに、銀河系の恐怖支配と戦う用意のある者の訓練施設があるのだと。いつかそのエリート部隊に配属されたい、ショルシュはつねづねそう願っていた。

そしていま、すべてを打ち砕くカタストロフィが起きている。

大きな獅子のジャンプをして、岩上で休憩をとる。午後も遅い時間になろうとしていた。だが、恒星光はなおも熱く毛皮に降りそそいでいる。

守衛ロボットや作業ロボットまでもが、危険な場所をはなれてサナトリウムに向かっていた。それは高い場所から見てとれた。しかし、ショルシュよりも動きは遅い。みながじきに、あのなかば錯乱したロボットとかかわりあうはめになりそうだ。

よろこばしい事態ではないが、死ぬよりはましだ。

きわめて楽観的ながらも、わずかな利点がひとつ、頭に浮かんだ。研究施設破壊という目前に迫る危機ゆえに、比較的正常なロボットや知性体がサナトリウムに集まり、パニックを防ぐだろう。とはいえ……隠者の計画した作戦をめぐる重要な情報もまた、ともに消えてしまう。

　グラドがさらに確信していたのは、いつか、隠者の死をひきおこした未知者がもどってくるということだった。かれら、大いに落胆するはずだ。探しているものが、隠者の技術的遺産が、失われているのだから。

　ショルシュは胸のなかで認めた。ちいさなイルトとの出会いによって、精神的にポジティヴな変化が起きている。思考が鮮明になり、多くのことがきのうとはちがって見えていた。

　北に目をやる。その場所からサナトリウム全体が見えた。大いに混乱している。看護要員にはすでに、これからなにが起きるのか、急ぎ伝えられていた。かれらは患者を宿舎に入らせようとしている。だが、つねにおだやかとはいかない。ときおりはしるパラライザーの閃光までもが見てとれた。

　あのような強硬手段は、緊急事態にのみ行使されるべきものだ。グラドにはそこまでの理由があるとは思えなかった。うなり声を発し、休憩していた場所をはなれる。まさに獅子のスピードで、狂気の家……いまはそう名づけていた……へと、平穏と秩序をもたらすべく、急ぐ。

　回復した患者は、往々にして、かつてはみずからも病んでいたことを、忘れてしまうものだ。

*

半時間ほど前のことである。さらに北に位置する天体観測ステーションが、従前からすいているとはいいがたい惑星周回軌道への、あらたな宇宙船の到着を探知した。《シマロン》ではない。規則どおりに帰属が確認できているから。銀河系船団のほかの宇宙船も同様である。それに対して、あらたに到着した宇宙船は呼びかけに応じなかった。周回速度を落とし、サトラングの地表へと徐々に近づいていく。

その宇宙船は滴《しずく》型で、不規則な外部構造物と、外被からそびえる砲火ドームをそなえていた。

帰属を明らかにせよという、最後の要求も無視。

まだ作動可能な防御砦の操作センターが、インパルスにより起動した。サナトリウムの敷地から数キロメートルの山にあり、見通しは充分である。

すべての防御砦が指令インパルスに反応したわけではない。〝回復したと認められた者〟のなかには、再発した者もいたためだ。だが、隠者の秘密の居所が未知者に襲撃され、広汎な混乱が生じたために、気づかれないままとなっていたのである。

完全自動で作動する三基の砦が、着陸態勢にある宇宙船に砲火を開いた。だが、損傷をあたえぬ警告にすぎない。隠者の呼びかけに応じて、サトラングにきた知性体かもしれないのだ。

ショルシュはサナトリウムの一棟めの建物にほど近い場所まできていた。だが、方向を変える。監督者の地位をあたえられた者として、また看護要員として、あらたに到着した患者に手をさしのべるのは、かれの義務であった。手伝いが必要と思われたが、たのめる者はいそうにない。

ところが、五体のロボットがあちこちから身をひきずるようにあらわれ、安堵した。機敏ではなさそうだが、ないよりはましだ。そうショルシュは考え、走るテンポを落とした。

そうこうするうちに、宇宙船は着陸した。岩がちな地面への激突を着陸と呼べるなら、ではあったが。宇宙船はほぼ崩壊。

ショルシュはハウリ人の宇宙船を見たことはあった。いま慎重に近づいているあの残骸は、船体の半分でしかない。前方ふたつの構造物は、なんらかの理由で失われたのだろう。これで航行していたことが奇蹟だ。

ロボットのうち、四体は看護用であった。五台めは、なかば機能する戦闘ロボットで、たったいま、ブラスターと回転ナイフを出したところである。

「やめろ！」ショルシュは脅迫じみたうなり声をあげて命じた。

「これは許可を受けた着陸ではありません」三メートルの巨体が、驚くほど冷静に応じた。だが、これが緊急着陸である可能性はすっかり見おとしている。

「わたしの命令を待て。さもなくばスクラップにしてやる」と、ショルシュは脅した。

ロボットはあわてて武器をひっこめた。とはいえ、待機状態は維持しているようだ。

難破船の上のほうでなにかが動いた。だれかが乗降ハッチを開けようとしている。しかし、動かないのだろう。

グラドは戦闘ロボットにいった。

「理性的なことをするチャンスだ。あそこに行って、気の毒な者が難破船から出るのを助けるんだ。争うようすを見せたらパラライザーを使え。いいか？」

「よくわかりました」ロボットは応じて移動。

看護ロボットはどれも正常なようだ。ショルシュのそばにとどまっている。グラドはおちつかない気分になった。独断で、当局の指示なく行動してしまった。とはいえ、この状況では指示など無用であろう。それに、かれは回復者とされているのだ。

大型戦闘ロボットは宇宙船の残骸に到着した。ただちに命じられた作業を開始。バールのようなものを出して、作業にかかる。曲がっていたハッチがさらに曲がり、くぐもった轟音とともに勢いよく開いた。

ロボットは念のため、数メートルさがった。

四つん這いになって、一ハウリ人が開口部から這いだしてくる。からだをすっかりのばして立ちあがった。軽傷を負っただけのようだ。ショルシュは急いで確認したが、武装はしていない。

そのとき、グラドは自分の義務を思いだした。同行するよう看護ロボットに合図を出し、ハウリ人に近よっていく。

「サトラングへようこそ！」と、挨拶をした。ほかにはましなことを思いつけなかったから。「ここでは隠者が意図したとおりに治療を受けられる。わたしはショルシュ。患者の看護をしている」

「わたしはハリ・デル・オル、船長だ。病人ならば船内に山ほどいる。死者も数名。衝撃があまりにはげしく、反重力が作動しなくなったのだ。ここに病院はあるのか？」

一瞬、ショルシュはあぜんとした。このハウリ人はひどく精神を損なっているにちがいない。何度も銀河系への突入をためしたのだろう。とはいえ、隠者の呼びかけにしたがってきたのだから、ここに病院大陸のようなものがあることは、知っているはずだ。

ふたりめのハウリ人がハッチから這いだしてきた。ついで三人め。かれらも傷を負っているが、名を名乗ったとき、完全に正常な印象を受けた。精神を損なった者のふるまいは、ちがっているのだ。

ショルシュのなかで疑念が生まれた。だが、たしかめたほうがいい。そこで船長にたずねる。

「きみたちは隠者のメッセージを受信して、狂気のバリアがもたらしたものを治療するために、サトラングへきたのか？」

ハリ・デル・オルは驚き、くぼんだ目をグラドに向けた。

「なんの話をしているのか、さっぱりわからないのだが。わたしの宇宙船は緊急着陸をしたのだ。負傷者の救援を必要としている。ここに病院や医師は存在しているのだろう」

「つまり、きみたちは精神を病んだ者ではないと？」

いまや、ハウリ人は徐々に腹をたててきていた。

「ここに精神を病んだ者がいるとすれば、それはきみだ！　向こうにある建物はなんなのだ？」

「バリアで病んだ者のためのサナトリウムだ」

「だれの……ためだと？」

グラドのひそかな疑念は裏づけられたようだ。このハウリ人は、自分がどこにいるのか、まったくわかっていない。隠者の送信を一度もとらえたことがないのだろうか。隔離された銀河系のことは、なにも知らないのか？

「どうやら詳細に説明する必要があるようだ、船長。だがまずは、船内の負傷者の手あてをしよう」

「わたしもそう思う。開口部をひろげているロボットをハッチから遠ざけてくれるか？　いずれにせよ、あの残骸は修理できまい。あの悪魔は、われわれが方位確認のために通常空間にとどまっていたとき、はげしい砲撃をくわえてきたのだ」

「攻撃された？　だれに、いつ？」

「まる二日前だ。だが、攻撃者のことはなにもわからなかった。影だけだ。あらわれて、消えた。この星団の領域からきたのだと思うが」

ショルシュはグッキーから聞いたわずかな情報を思いだした。ハウリ人を攻撃した〝影〟は、サトラングに災禍をもたらした宇宙船と同一なのだろうか？

「それできみたちは、銀河系に突入しようとした者すべてに狂気をもたらすバリアのことは、一度も聞いたことがないと？」

ハリ・デル・オルは明らかにとまどったようすでいった。

「あとで説明させていただくが、われわれ、長年……いわば隔離されていたのだ。バリアのことはなにも知らない。ああ、やっと救援がきた」

一両の車輛が近づいてくる。ショルシュは看護要員に情報を伝え、負傷したハウリ人を主棟の側翼に運ぶよう手配した。

ふたたび難破船の船長と話しあう。

　今回、グラドは真実を知った。

　ハリ・デル・オルはかつて、悪名高い宙賊だった。逮捕されたのち、仲間とともに未入植の惑星に流《る》刑《けい》となった。虚無空間で孤立した恒星をめぐる、唯一の名もなき惑星である。のこされた人生はここですごすことになる、囚人はそう覚悟するしかなかった。惑星の植物と下等動物から、充分な食糧は得られていた。

「ひどい時間だったにちがいないな」と、ショルシュ。「どうやって脱出したのだ？その手段も宇宙船も、なにもなかったのだろう」

「長年のあいだは、なかった。それはたしかだ。通信装置さえおいていかなかったのだから。宇宙でなにが起きているのか、われわれにはわからなかった。それが最近になって突然、一宇宙船が空にあらわれたのだ。着陸して、べつの惑星からの流刑者を降ろした。同じく隔離されて暮らしていた者たちだ。われわれ、かれらと協力して輸送船のリーダーたちを倒し、脱出したのだ。戦闘のさいに宇宙船の一部が損傷し、通信装置も壊れた。探知装置も動かなかった。あの宇宙船は、未知者に攻撃される前からすでに残骸だったのだ。ま、これですべてといってよかろう。われわれ、どうなるのか？　ここの軌道では宇宙船が山ほど周回しているが」

　ショルシュは手を振ってみせた。

「あれはほとんどが残骸なのだ。テラナーの十三隻の宇宙船がきみたちを乗せていくとは思えない。ここサトラングにいれば安全だ。ここにいるといい。われわれ、看護要員を必要としている。すでに説明したが」

ハリ・デル・オルは、長くは悩まなかった。

「それはいい解決策だろうな。なにしろわれわれ、もはや宙賊ではないのだから。平穏な暮らしが許されればありがたい。仲間たちと話してみよう」

「いまは建物のなかにいてくれ。わずか数分後、すこしはなれた場所で大爆発が起こる。ここなら、爆風が吹いても安全だと思う」

ハウリ人は礼をいうと、みずからの決断を伝えに仲間たちのもとへ向かった。かれらも同意して、あらたな故郷を手に入れるだろう。ここサトラングでの仕事は、流刑惑星での原始的な生活ほど無益ではあるまい。死した隠者の成果をひきつぐ作業に協力するのだから。決着の日が近づくまで。

7

ペリー・ローダンとラス・ツバイは、グッキーの帰りをいまかいまかと待っていた。

「このすべてが、半時間後に爆発するのですよね」ツバイがいった。ローダンは《シマロン》との通信コンタクトを試みている。レジナルド・ブルは宇宙船を静止軌道に入れ、サトラングの自転にあわせて航行していた。「そろそろ、ここをはなれる時間ですよ」

レジナルド・ブルが応答した。

ジェフリー・アベル・ワリンジャーの悲劇的な最期には触れず、ローダンは指示を出した。銀河系船団ののこる十二隻は、恒星ヘロスをめぐる軌道上の特定のポジションに入ること。この指示に対して、ブルは明らかにとまどっていた。だが反論はしない。ローダンは自分がなにをしているのか、わかっている。

「きみはその場にとどまっていてくれ。十五分以内に船へもどる。いいか？」

「いつものようにね」と、ブルは同意した。いくつか訊きたいことはあったとはいえ。

「隠者は見つけたんですか？」

「ああ」ローダンはみじかく答え、通信を切る。

ツバイが首を横に振った。

「ブルにいっておくべきだったのではありませんか？　いまごろ頭をひねりにひねって、好奇心で破裂しそうになっているはずだ。だが、そのいっぽうで……ふむ……あなたが正しいのかもしれません。悪い知らせに、遅すぎるということはありませんから」

「とくに、今回の場合にはな」

二名は黙り、山をくりぬいた地下でグッキーがいまなにをしているのか、考えないようにつとめた。ローダンはネズミ＝ビーバーに感謝していた。ジェフリー・アベル・ワリンジャーの亡骸を当座の骨壺におさめるという、耐えがたい任務をひきうけてくれたのだから。

「知っておきたいのですが」なにか話をしておくために、ラス・ツバイが口を開いた。「あのグラドは、どのようなコードを使っていたのでしょう」

「それについてはわたしも考えていた」と、ローダンは応じる。「隠者がだれであったかを知ったいまとなれば、わかる気がしている。二十六の文字を持つ、テラの古いアルファベットを思い浮かべてみてくれ。十個のキイが三段にならんでいる。最後の四つは意味のないキイだ。ここでワリンジャーの名前を一文字ずつ打ちこんでいく。それだけだ。ショルシュは順番をおぼえていただけなのだろう。意味は知らずに」

ツバイはうなずいた。

「グッキーはそろそろきてもいい時間ですよ。人生をサトラングで終わらせようとは思いませんから」

「ワリンジャーの成果は今後も存在しつづけるだろう。のこり時間は、あと十分だ」

「もうひとつ、知りたいのですが」ツバイが話をつづける。感情と、ますます強まる不安を押し殺すために。

「なんだ？」

「ワリンジャーの軍勢です。つまり、のちにワリンジャーとともに銀河系に行く用意があると宣言していた、健康な者たちのことです。かれらのポジションを探知しておくべきでした。地下深くにもぐりこんでいたのなら、話はべつですが」

「それはあとにしよう。とはいえ、かれらは安全なところにいると確信している。ワリンジャーがそのように手配しているはずだ。ただ、かれらが隠者の死を知って、パニックにおちいらないよう願っている」

「あと五分です、ペリー。汗が出てきましたよ」

グッキーがビクスビーとともにすぐそばで実体化した。テラナーをつかんでいないほうの手に骨壺を持っている。ローダンがなにかいいかけるのを無視して、骨壺をわたす。

「これを持って、ラスといっしょに《シマロン》にテレポーテーションして。ぼくはビクスビーをサナトリウムまで送っていくから。あそこで三分後の爆発を見とどける。患者たちになにも起きないのを、たしかめておきたいんだ」

「わかった」ローダンは骨壺をそっと受けとった。ともに宇宙船へとジャンプするため、ツバイの肩に手をやりながら、「それでは、すぐにな。気をつけるんだぞ」

三十キロメートル南方の記憶装置室で、コンピュータのスクリーンが自爆までの最後の六十秒を表示しはじめたとき、実験室の四名は非実体化した。

＊

ショルシュはローダンの指示を確実に実行していた。管理棟をかこむ公園は無人である。患者は一名も見あたらない。ロボットまでもが姿を消している。

ネズミ＝ビーバーは確信していた。ビクスビーと自分は、南からくる爆風から守られるはずだ。それが起こるか起こらないかの瞬間、あまりの光輝に目をつぶった。

まばゆい閃光が二回はしった。建物の一部や岩塊が高く舞いあがる。ワリンジャーはおのれの最後の秘密が誤った者の手にわたらぬよう、反物質を使用したにちがいない。

あと一日早かったら……

六百年以上にわたる苦しく危険な準備。それがたった一日……いや、さらにみじかい時間が、進められてきた計画の成否をわけたのだ。

隠者の通信をもう一週間早くとらえられてさえいたら。細胞活性装置の殺人的な掠奪も、避けられていたかもしれない。

爆発の閃光から九十秒ほどののち、グッキーは安全なかくれ場で爆風が上方を吹きすぎるのを感じた。そのとき、これまで知ることのなかった感情が、下部意識の深みで生じた。

かれは、ほぼ最後のイルトは、温厚で楽観的でユーモアがあり、敵に対してつねにフェアであろうとしてきた。だが、にわかに憎悪を感じる……ワリンジャーに死をもたらし、人生をかけた成果を破壊した、あの未知者に対する仮借なき憎悪である。こんどばかりは、と、ちいさなイルトは誓った。銀河系のあらたな支配者と対決するとなれば、容赦はしないと。

それが何者であれ、イルトの復讐を味わわされるだろう。イルトだけではない。今回はローダンも容赦しないはずだ。グッキーも、さらにはテラナーや、テラナーの友である者も。

ビクスビーはかくれ場からゆっくりと身を起こした。第一の爆風の三十秒後に到達した第二の爆風もまた、被害なく吹きすぎていった。建物はいくらか損傷したが、負傷者は出ていないようだ。

「終わったのだろうか？」と、ビクスビーがたずねる。

「うん、終わったよ。もう仕事をつづけても大丈夫だ。隠者がいなくてもね。これ以上攻撃されないように、ぼくらが手をまわすから……できるだけ。確実なのは、ぼくら、あの未知者と知りあいになりたくて仕方がないってことさ。まだ貸しがある。いまいましいほど高い貸しだよ。信じていいかんね」

ビクスビーはそばの建物をさししめした。

「看護ロボットの第一陣が出てきている。正常に動いているようだ。ところで、管理棟の地下に記憶装置室がある。もしかしたら、あのグラド……ショルシュといったと思うが、かれならきみを助けられるかもしれない。わたしよりも事情に明るいはずだ。かれを探してみよう」

「一分だけしずかにしていてくれるかな。上の宇宙船がどんなようすか、たしかめなくちゃ。通信装置がある。ほとんど忘れてたよ」

グッキーは幅広アームバンドのちいさな装置を起動させた。ブルがただちに応答する。

「グッキー。きみか？」その声はふだんとちがう響きを帯びていた。空気が吸えないかのようにかすれている。「ペリーとラスはぶじにもどった。ふたりが持ってきたのは……そうだな、もう知ってるだろう、わたしのいいたいことは。いつもどる？」

「まだ時間はあるかな？　かたづけなきゃならないことが、いくつかあるみたいなんだ。なにもかもがむだになったりしないように。ここでは、すべてが前と同じにつづけられなきゃならない。たとえ、いなくなっても……たとえ……」

「ああ、もちろんだ。こちらは準備を進めている。受信にしておいてくれ。連絡がつけられるように」

「一時間か二時間でそっちに行くよ」

「わかった。それじゃ」

通信がいきなり切れる。かわいそうなブリー、とイルトは思った。ここで、まだすることがあって、よかった。《シマロン》にもどるまで、最初の痛みをあまり感じないですむ。そうだといい。

「なにをするつもりだ?」ビクスビーがたずねる。

「ショルシュを見つけなくちゃ。どこにいるんだろう?」

「さっぱりわからない。管理棟ではないだろうか。いっしょに行ってもかまわないか?」

「むだにできる時間はないからね」グッキーは同意した。

看護要員は、睡眠室に収容されていた患者のうち、軽症者を外に出していた。患者たちはなにごともなかったかのように、ふだんと変わらず公園で散歩をしている。

管理棟では呼びとめられなかった。ビクスビーが回復者のしるしをつけているためだ。グッキーはひとりでも対処できただろうが、場合によっては必要となるコードのために、ショルシュが必要なのだった。

テレパシーであたりを探る。メンタルの渦から、見おぼえのあるグラドの思考パターンを選びだすまで、長くはかからなかった。ショルシュは管理棟の地下にあるちいさな記憶装置室に向かっている。

グッキーはビクスビーをつかみ、テレパシーでグラドの位置を確認。リフトのキャビンにいるかれのそばに実体化したが、あまりに近く、足を踏んでしまった。

「隠者にかけて！」ショルシュは驚いてあえいだ。だが、すぐにおちつきをとりもどす。「それはだれだ？　ああ、回復者か。下になんの用がある？」

「こっちはビクスビーだよ、ショルシュ。きみたち、これからはしっかり協力してね。サトラングでの仕事はつづくんだ。記憶装置室で、必要な情報がぜんぶ見つかるといいんだけど」

ここの記憶装置室は、三十キロメートルはなれた場所で破壊されたものにくらべて、わずかな性能しかそなえていなかった。おもに保存されているのは、到着したバリア被害者のあらゆるデータだった。精神的混乱度や回復の可能性について、のちに活用できるよう、グラドが記録したものである。

そのさい、ビクスビーは知ることができた。条件つきの回復者としてサナトリウムを退院し、防御砦に配置されたこと。さらに一定の試用期間ののちにテストがおこなわれ、口にしていた願望、つまり秘密のエリート部隊への配属がかなうかどうかが決まる、ということである。

グッキーとショルシュは手がかりを探した。ワリンジャーが組織した軍勢がどこにいるのか、それがいま、どれほどの規模になっているのか。だが、見つからない。イルトはしかたなく認めた。この調査は先送りするしかない。それでもいつか見つけて、ともに戦うのだ。そうしてはじめて、ワリンジャーの六百年以上にわたる努力が、むだではなかったことになるのだから。

ショルシュがデータを呼びだした記憶装置には、看護要員やロボットへの詳細な指示がカテゴリー別に保存されていた。患者の治療について、療法の提案やアドバイスがつづく。患者の出自がさまざまであったために、独立した記憶装置室が必要だったのだ。

「ここには、ロボット医師や、生体の看護要員もいるよね」グッキーはショルシュとビクスビーにいった。「完全に正常になってるとは思えないんだ。きみたちふたりの任務は、もっと慎重に選抜されるように手配することだ。爆発の前に不時着した、もと宙賊のことを思いだしてほしい。かれらの精神は健康だった。それにぼくはテレパスだから、表面的な思考は読める。サトラングにとどまって協力したい、かれらはそう願ってるよ。信用できると、ぼくは確信してる。きみたちが正しくはじめれば、すべてがうまくいくはずだ」

ショルシュにはひとつ疑問があった。

「不思議なのだが。これがもっと早くにおこなわれなかったこと。隠者は……」

グッキーはショルシュから目をそらし、遠くを見やった。この話題は避けたいとでもいうように。だが、やがて返事をした。

「隠者には、ここ何年か心配ごとがあって、開発中の発明に集中しすぎていたんだと思う。それを使って銀河系を解放できるような発明にね。なかば回復した者やロボットを信用していたんだ」

「変えていくとも」ショルシュが約束した。ビクスビーもうなずく。「きわめて正常なまでに回復したグラド、そしてカルタン人も、大勢知っている。だが、重要ではない地位につかされている。だれかが人員配置コンピュータを調整しなければならない。不時着した宇宙船のハウリ人のなかに、その方面の専門家がいるだろう」

「あの船長とまた話してみるよ。ハリ・デル・オルという名前だった」

「かれ、仲間たちとともに管理棟の側翼にいる。一種の隔離だ。受付センターの命令で」

グッキーは首を横に振った。

「また意味のないことをやってる！　きて。すぐにかたづけなくちゃ！　ここの事情はきみたちのほうが知ってる。記憶装置にある必要な指示はすべて、隠者みずからが出したものだ。でも、いつも正しく実行されてるわけじゃない。それがこれからの、きみたちの任務だよ。ショルシュ、ハウリ人がいる側翼のことを考えて、なかのようすを思い描いてみてほしい。ぼくがそれを探って、きみたちふたりを連れていくから。わかった？」

数秒後、かれらはベッドと壁龕《へきがん》とテーブル、さらに食糧自動供給装置が一台ある、ひろい部屋に実体化した。ハウリ人たちはなにをするでもなく、すわったり横になったりしている。ばらばらの種族三名が非凡なあらわれ方をしたことに、気がついていないようだ。ごくふつうにドアを通ってきたと考えたようである。

ハリ・デル・オルはテーブルのそばにすわっていた。目をあげて、三名のもとへくる。ショルシュは二名の同行者をかんたんに紹介し、いま起きている問題を説明した。ハウリ人は注意深く耳をかたむける。グッキーはそのあいだに思考を探った。さきほど偶然のように知ったことが裏づけられたのみである。

ハリ・デル・オルは、皮肉をこめてご馳走しますよといい、四名でテーブルをかこんだ。

「わたしはすでに仲間と話しあっている。入院していない者にかぎられるが。とはいえ負傷していようといまいと、われわれのなかに精神の不調に苦しんでいる者はいない。隔離された銀河系に突入しようなどと考えたこともないからだ。われわれ、住むにふさわしい惑星のある孤立した恒星系を探していた。いま、そのような場所を見つけたと考えている。任務も魅力的だ」

グッキーはふたたびハウリ人の思考をよく探り……安堵した。すくなくとも心配ごとはなくなった。だが、わかってもいる。いつかサトラングにもどってくるのだと。銀河系をめぐる戦いで、味方が必要になったときに。

「もうお別れをいわなくちゃ」イルトは立ちあがった。「隠者がのこしたものは、安心してまかせられるしね。きみと、きみの仲間に必要な情報はすべて、ショルシュとビクスビーがわたしてくれるよ。それから、損傷した砦を修理しておいてほしい。のこっているものを破壊しに、未知者がまた攻撃してくるかもしれない」

「われわれ、熱烈に歓迎する用意をしておくとも」ハウリ人が約束した。

グッキーはその部屋を出て、側翼をかこむ公園を歩きまわった。午後も遅い時間で、ひとりきりだった。考えこみながら、日暮れを告げるバラ色に染まった空を見あげる。《シマロン》は、かれのほぼ真上に位置していた。通信装置は必要ない。ローダンや、船内のほかの者の思考インパルスは、やすやすと選びだせる。

かれは、ふだんはあれほど勇敢なちびのネズミ＝ビーバーは、突然、《シマロン》に帰還するのを恐いと感じた。船内の雰囲気は冷えきり、空気は重くたれこめている。

だがやがて、気をとりなおした。

起きてしまったことは、もはやとりかえしがつかない。
かれは、テレポーテーションした。

8

銀河系船団は、敵宇宙船のあらゆる攻撃をただちに通知するモニター・システムを隠者の惑星に導入したのち、サトラングから遠くはなれたポジションに集合した。船団は恒星ヘロスから八百億キロメートルほどの距離にある。恒星の重力フィールドはなおも充分に強く、安定した軌道を描けていた。

ジェフリー・アベル・ワリンジャーの亡骸がおさめられた骨壷は、封印され、銀色の球体でつつまれていた。《シマロン》中央司令室の、きれいにかたづけられたテーブルの上におかれている。

この銀色の球体は、映像通信により十三隻の宇宙船の、全室のスクリーンにうつしだされていた。ペリー・ローダンが歩みでて、両手を球体にのせる。永遠にひきとめておこうとするかのように。

追悼の辞はみじかかった。ローダンは思いをこめて、ワリンジャーの偉大な功績を語った。人生のすべてを人類や銀河系種族にささげた人物であったのだと。

「かれは何百年も前から、われわれにはなおも未知なる勢力から故郷銀河を解放しようとつとめていた。そしていま、クロノパルス壁を無害化したはずのあらたな発明の完成を目前にして、命を落としたのだ」

　ローダンはふと口をつぐんだ。後方からエイレーネの押し殺したすすり泣きが聞こえる。グッキーはその隣りにすわって手を握っていた。

「ワリンジャーは、ある殺人者に命を奪われた。犯人を見つける手がかりは存在する。犯人にはふさわしい罰をあたえなければならない。たとえ、友がもどることはなくとも」

　球体から手をはなす。

「友を最後の旅へと送りだすときがきた。これから永遠に恒星ヘロスをめぐっていくことだろう。壮大な計画を可能ならしめてくれた恒星のまわりを。だが、未来を知ることはできない。ヘロスはいつか、かれをもとりこむかもしれない。手伝ってくれ、グッキー」

　銀河系船団の十三隻の宇宙船に乗る者たちが、何千ものテラナーが、アコン人が、アラスが、アルコン人が、ブルー族が、フェロン人が、エプサル人が、エルトルス人が、そしてほかの種族の者たちが、それからの出来ごとをともに体験した。

　イルトのテレキネシスの力を借りて、ローダンは銀色の球体を手にとった。中央司令室を出ていく。ネズミ＝ビーバーと自動カメラのみが同行した。

二百メートル級楔《くさび》型船の上部に、緊急脱出用ハッチがあった。ローダンとグッキーは、そこに反重力リフトで到着した。二名は沈黙したまま、常圧下のちいさなエアロックに足を踏み入れる。

その空間はきれいにかたづけられていた。人の背丈のエアロックの上方、中央部にハッチがある。特殊な技術装置によって、緊急時にさまたげにならぬよう、瞬時にわきへと開く仕様になっている。

ローダンは、銀色の球体をそっとエアロックの中央においた。

「ありがとう、ちび！　ほかの者のもとにもどってくれ。あとはわたしが」

グッキーは理解して、返事をせずに去っていった。

ローダンは身をかがめた、ふたたび両手で銀色の球体に触れ、祈りの言葉をもってワリンジャーに別れを告げた。古き友に、義理の息子に。

身を起こし、エアロックを出る。手の震えがおさまるまで、数秒間、待たなければならなかった。外側にとりつけられた制御盤を操作する。エアロックのハッチが、くぐもった、終わりを告げる音をたてて、閉じる。

ローダンの手が赤い光のキイに近づいていく。万分の一秒にして、上方ハッチをわきへと動かすキイである。

一秒のあいだ、ためらう。やがて、キイに触れる。

それは、千ものスクリーンにうつしだされていた。

鐘のようなかたちの、だが平面に近いハッチが、瞬時にしてわきへ滑る。

与圧されていたエアロック室から真空へと空気が流れだし……銀色の球体を運びだした。

最初は速く、そしてゆっくりと……十三隻の宇宙船が発する引力の作用を受けながら、球体は漂っていった。ついにヘロスの重力下に入る。

淡橙色の恒星をめぐる軌道を、そして同時に、サトラングの外側をめぐる軌道を、たどっていく。

ペリー・ローダンは中央司令室にもどった。ほかの者は沈黙して待っている。かれらの向こう、大型パノラマスクリーンに目をやる。

すぐに、長い旅をはじめた銀色に光る微小な点を見つけた。わずか数分で、視覚ではとらえられなくなる。

それまで、ラス・ツバイとともにエイレーネによりそっていたレジナルド・ブルが、ローダンの横にきた。

「どうします?」と、しずかにたずねる。

ローダンはきびしい表情のまま、指示をあたえた。

「二十四時間、この軌道にとどまり、スタートする。その後の行動についてはあす決定しよう。調査領域をひろげるために、船団は分かれなければなるまい。わたしは……ブリー、なにかあれば、わたしは自室キャビンにいる」

口をつぐみ、ローダンは中央司令室を出ていった。

だれもが黙って見送る。

そしてブルが、ローダンの指示を十二隻の宇宙船の指揮官に伝えた。

言葉もなく、それぞれに別れていく。

《シマロン》船内に人工の夜の静けさがひろがる。

だがこの夜、眠れずにすごした者も、いたのであった。

永遠のひとしずく

エルンスト・ヴルチェク

登場人物

ジュリアン・ティフラー……………《ペルセウス》指揮官
ボルダー・ダーン…………………………同副指揮官
ニア・セレグリス…………………………同乗員。ティフラーのパートナー
ラス・ツバイ……………………………テレポーター
フェルマー・ロイド……………………テレパス
クルデ……………………………………冬景色で暮らす下層民
ニム……………………………………同下層民。クルデの妻
モンカ……………………………………調整官
アンリナ…………………………………上位者
イル……………………………………指揮者。万物の母

1

イルよ、イルよ、イルよ！
汝、汝こそは……
熱
光
水と空気
世界
万象
汝を讃《たた》えん、イルよ

この礼拝の言葉がクルデの心で鳴り響いていた。生存に必要な熱をあたえるべく、盗んだものを胸に押しつけながら、死のトンネルを急ぐ。

「おまえにはイルの光も熱もあたえられない」腕に抱いたきたないつつみにささやく。「おまえには針があたえられたのだ。イルに望まれなかったから」

最後の言葉には、心の底からの痛みが、腹の底からの怒りがこめられていた。だが、熱も帯びている。怒りは、この世界と法に向けられていた。イルに！ そして熱のほうは、守ろうとからだに押しつけている、凍えた赤ん坊に。

イルよ、イルよ！ かれは怒りながら考えた。あの万物の母は、夏の区域に住む選ばれし者だけにあたえるのだ。あそこは食糧庫が空《から》にはならない場所だ。つねに恒星が輝き、水の流れは涸《か》れず、元栓が閉められることもない。そう、花や穀物までもが豊かに育ち、ビタミンや薬やエネルギーが不足することもないという……あの〝故郷〟の地では。だが、このような虫けらなみの赤ん坊のために、万物の母が立つことはない。このような捨て子、凍えぬように体熱をあたえる必要のある子供のためには。望まれぬ命にあたえられるのは、せいぜいのところ、針なのだ。

「だが、おれはおまえを救う」クルデは生まれたばかりの子供にささやいた。「ニムのもとへ連れていく。彼女がおまえを守り、かくし、育てるのだ」

物音が聞こえた気がした。耳をすまし、立ちどまる。死のトンネルは寒い。だが、危険な区域はすでに脱している。

ここは安全だと思いこんでいた……危険を告げる音を耳にするまでは。

クルデはわきの窪みに身をひそめた。壁にからだを押しつけ、ひとつになる。この窪みは充分に深く、居所をもらす体熱を遮蔽《しゃへい》してくれる。とはいえ、他者の熱もまた、とらえられなくなる。

物音は一度きりだった。だが、クルデがかくれ場を出ようとすると、にわかに強い光線がふりかかった。突然の光に目を閉じ、手をかざす。ボマツをとり落としかけたが、たくみな動きで最悪の事態はまぬがれた。

だが、そのときにたててしまった音は！

「だれかいるのか？」金属的な声が光源のほうからたずねる。「出てこい！　おまえたちの鼓動は計測ずみだ」

光は幽霊のごとくトンネルをはしり、ひびわれた壁を仮借なくあらわにしていく。空気が虚無空間に逃げぬよう、その場しのぎにふさがれた亀裂をも。

自信過剰だった、とクルデは考えた。自分はまちがっていたと、慄然とする。すでに安全な場所にきていると思っていた。

ここはまだ、虚無空間に隣接する最外縁区域なのだ。

死は触れそうなほどに近い！　自分の方向感覚はたよりになると、錯覚していた。目も耳もふさぎ、感覚も無視していたために、いま自分がどのような区域にいるのか、わからなくなっていたのではないか？

調整官に逆らったのだ！

「姿を見せろ！」と、スピーカーでゆがめられた声がいう。「さもなくばひきずりだすぞ。体温があろうと死のうとかまわん。いよいよとなれば真空にほうりだしてやる」

調整官は粗野な言葉を使う。かれらにとって、望まれぬ新生児は寄生虫であり、あわれな赤ん坊をひきとる子のない親は、反社会的なのだ。

あまり時間はないとわかっていた。そのとき、なにかかたいものが腰に当たり、左半身がしびれた。ボマッを支える片腕までも。

〝もしいつか、子供の許可が出たら、名前はボマッにしましょうね〟

ニムは、かれの妻は、ことあるごとにそう話していた。とても聞いていられなくなり、これを最後に黙らせようと、計画をたてたのだ。だが、理由はそれだけではなかった。かれ自身も子供がほしかったのだ。あのころ、妻と知りあったころには。ニムの願いが狂気になりうるなど、どうしてわかっただろうか。

とはいえ、このアイデアがだれのものであったかなど、どうでもいい。クルデは男の子の父親になると決めていた。だから出発したのだ。

子供泥棒になる以外に、選択肢はなかった。子供の許可は得られないから。

自分たちの願いの前に、イルが立ちはだかっている。

イルの光、イルの熱、イルの心……万物の母、イル。だが実際には、ほかの者だけの母なのだ。

*

クルデは以前、満足した生活を送っていた。保証はないが、安定している。仕事は空気再生で、特典もあった。年に一度、うつし絵に行くことが許され、四半期に一度は嗜好ボーナスが出た。平均以上の光熱配給も受けていた。自分ひとりが必要とする以上に。

だからニムと出会ったとき、長考せずに妻に迎えた。ニムは当時、民衆調査局員という、いい地位についていた。自分のような立場の者の子を産む母親として、ふさわしいと思えたのだ。

だが現実は、まったくちがう様相を見せた。

ニムは人口の正確な状況や、住民の増減に関するデータをすべて直接、手に入れることができた。したがって、子供の許可が出る可能性はあると考えていたのだった。

ところが、申請の許可は何度も、しらじらしい理由で先送りされたのである。

クルデがニムと出会ったのは、ためてきた嗜好ボーナスのクーポンを上等な食糧配給と交換しようと、民衆調査局に申請に行ったときのことだ。

すべての設問にまじめに答えた。嗜好ボーナスを放棄する理由も。

「恍惚《こうこつ》となりたくないんです。感覚を鋭くして、健康で長い人生を送りたいので」と、アンケートマシンに答えた。

　そのとき、マシンを操作していたアシスタントが、忘れられないほど気の毒そうな視線を向けた。答え終わると、彼女が待ちあわせ場所をささやいてきた。〝トランス・ダンス〟という、感覚を麻痺させる酒場だった。そこで会い、とめどない喧騒《けんそう》に巻きこまれながら、彼女はこっそりと教えてくれた。申請は却下されたと。

「なぜ？　いったいどうして？」

「上位者は、わたしたちが健康で長生きすることになんて、興味はないの」と、ニムは説明した。このアシスタントこそ、ニムだった。「わたしたちがぼうっとして、からだや精神をだめにすればいいと思っている。民衆調査局では分割払いの死って呼んでるわ。だって、それでいつかあなたの診断は満足のいくものではなくなって、調整官を送られるんだから」

「そんなのは嘘だ！」

「まったくべつの事実もあるわ。あなたには想像もできないことがね、クルデ。情報源のそばにいるわたしでも、恐ろしい事実のほんの一部しか知らない。でも、わかってる。わたしたちが属している市民層の削減は、組織的におこなわれているの。わたしたちが充分に健康なら、調整官はなにもしない。でも、人口爆発が起こると成長限界をこえてしまう。そうしたら、空気も光も熱も、ここにいる全員にいきわたらなくなる……そんなことがあってはならないから」

クルデは驚き、ニムの話を信じようとしなかった。だが、いまなら、すこしわかる。

「そうなったら、すぐに地下へ行って、不可視者として生きればいい」

「べつの可能性もあるのよ」

「それってどんな？」

「ある生命共同体に入って、子供をつくるの。そうすると、自動的に上位社会に昇級できる。だれにも手が出せなくなるわ。万物の母の愛する子供だから」

ニムはそう考えていたのだった。クルデは彼女を信じていた。ところが、彼女の状況はよくなるどころか、悪くなるいっぽうだった。子供の許可は却下された。ニムが市民権を主張すると、仕事と地位を失い、夫のクルデも同じ目にあった。社会の最下層に入れられてしまったのだ。

ニムは最初、はげしいショックを受けた。けんかをしたある日、クルデのことはパートナーとして選んだだけだと認めた。クルデの診断は知っていたし、自分の子供の父親としてふさわしいと思えたから、と。すべてはかれのせいだといい、かれを殺す殺害者として登録しさえした……だが、実行はできなかった。それはクルデに対する殺害未遂にとどまり、それがまた、市民評価のマイナス点になった。

法律違反者とされ、罰として不可視者になるのは、最悪の事態だった。不可視者は無視してよく、さっさと地下へもどらなければ、だれが殺してもかまわなかった。そのうえ暖房のない広大な冬景色での生活は、想像をこえるひどさだった。

冬景色では、すべての命を仮借なく奪う虚無空間の隣りに暮らしがあった。すでに片足を虚無に踏み入れた死のゾーンにいたのである。

ニムとクルデは徐々に慣れていった。窮地のために絆《きずな》が深まり、おたがいにかけがえのない存在になった。すくなくともクルデは、ニムのいない生活など考えられなかった。ニムは気持ちを口にしなかったが、好意は感じられると思っていた。

ふたりはつましい暮らしをするようになった。最低限の熱と光でまにあわせ、暗黒期には手探りやにおいでたがいを見つけあった。暖房を切られてしまうと、凍えないようにおたがいの体熱でしのいだ。

飢えに苦しむこともなかった。配給されるイルの種は、ふたりには充分すぎるほどあったから。

ただ、幸福というには、ひとつ、欠けていることがあった。子供である。ニムに不妊処置をほどこそうと調整官がきたとき、クルデは殺人鬼になりかけた。だが、勇敢なニムがそれをとめたのだった。

「だめよ、クルデ」と、ニムはいった。「調整官はまさにそれを待っているの。なにかをする口実をあたえてはだめ」

義務をはたすと、調整官は人工的にゆがめられた声でクルデにいった。

「おまえたちがこれほど従順で残念だ。だが、次はうまくいくかもしれんな」

「わたしたちの子供は、ボマッという名前になるはずだったのに」と、ニム。「よその子供をひきとらせてもらえたら。たくさんの女性が非合法に子供を産んでいるの。そういう子供たちが針の下におかれてしまうのは、かわいそうだわ」

「なんの話をしているんだい？」クルデはたずねた。不妊処置のために理性を失ったのだと思った。だが、すべての希望を奪われても、精神はたもたれていた。

「自分がなにをいっているのか、わかっているわ」ニムはいいはり、民衆調査局でみずから記録にのこした出来ごとを語った。ある女性が法的許可を得ずに子供を産んだことがあった。その場合、違法な母親は新生児を死のゾーンにおきざりにするか、匿名で当局にとどけでる。すると調整官が子供を集め、時間切れとなった高齢者が人生を終えたりもする場所へと、運んでいくのだ。

針は、人生の時計をとめる確実な手段だった。

「それで、それから？　死者のからだはどうなるんだろう？」クルデはたずねた。イルの種のはしっこを、きょう一日のぶんの食糧を、味わいながら。

「どうなるのかしらね？」と、ニムは応じる。「シャフトを通って、虚無空間に出ていくの」

「なぜそんなにくわしいんだい？」

「おばかさんね。わたしは情報源のそばにいたのよ。死は避けられない。限界にきたら死ぬしかないの。それが法で……すべての者にあてはまる。なかにはひきのばせる者もいるけれど。でも、新生児が針の下に行くと、人生を味わうことも許されずに、かならず刺されてしまうの。わたしが刺されるような気分だった」

それからニムはいった。見取図は見ていたから、死の間《ま》の一帯のかくれ場や、抜け道は知っていると。

クルデは疑った。くわしい話をしているのは、かれにアイデアを植えつけ、自分で考えたのだと思いこませるため、それだけなのではないかと。

だが、ニムを責めはしなかった。もともと彼女のアイデアだったとしても、いまや同じことを望んでいたから。

これほどつましく暮らしていれば、三人で配給をわけても、やっていけるだろう。

クルデはニムから詳細を聞き、見取図を山ほど描いては捨てた。やがてニムがいった。

「図面技師でも、あの施設をこれほどうまく描けはしないと思うわ」

ついで、どうすれば死のゾーンに入れるのか、ありったけの案をシミュレーションした。ニムがこういうまで。

「これでうまくいくわね」

とはいえ、実行まではさらに熟慮が必要だった。胸に刺さるニムの嘆きも。

「許可がもらえてさえいれば……」

それはまったくの幻想だった。

だからこそ、ある日かれは出発したのである。生きる権利を持たぬ子供を、盗みだすために。

すべてがうまくいった。予想よりも、はるかにかんたんだった。だがいま、調整官が！

＊

にわかに光が消えた。クルデはかざした手ごしに気づき、腕をおろす。

〝しのびよってきている〟とクルデは考えた。動くほうの腕に新生児をうつそうとし……そのときひじが虚空をつく。壁に穴があるのだ！

穴の深さをはかろうと腕をのばした。片腕全体を入れても奥にとどかないほど深い。だが、床面はしっかりしている。凍えるほど冷たいとはいえ。

いま、なにをすべきかわかっていた。すべてがうまくいくかもしれない。

クルデはせまい窪みのなかでゆっくりときびすを返し、ボマツを穴に押しこんだ。

安堵の息をつく。

「撃つな」と、震える声で叫んだ。「出ていく」

前に一歩、足を踏みだした。するといきなり、かたいものがわきにぶつかる。銃身である。調整官は知らぬうちにかくれ場まできていたのだ。驚きはしない。保安当局員は特別なスーツを着用していて、みずからを完璧に遮蔽できるのだ。あるいは、感覚が鈍りすぎて、隣りにいる者の熱さえも感じられないのか？

だがいまも、腕の内側にボマツの体熱を感じている。

調整官は遮蔽を解除していた。その臭気が殴打のようにクルデを襲う。この密偵はなにを腹に詰めこんできたのだ！　生ぬるいにおいに、クルデは吐き気をもよおした。自分の胃袋は空なのだと思いだす。食べたものはすべて、もどしてボマツの口に流しこんだのだ。

銃身は、まだわきに押しつけられている。

「ずいぶん奇妙な小僧だな」と、大食漢の声がいう。「ここになんの用だ？　禁じられた区域にいると、わかっているんだろう。それとも、高齢死者か、不可視者か？　それなら死のゾーンの奥まで入りこみすぎたようだな。ここはわれわれの縄張りだ」

「わたしは冷えていたのです」クルデは歯を鳴らしていった。芝居ではない。猛烈な恐怖を感じていた。その場しのぎの嘘さえ思いつけない。調整官の注意を窪みからそらすことだけを考えていた。

「共犯者はどこだ？」携帯ライトが点灯し、クルデは痛む目をそむけた。調整官のライトの光は、狂気をひきおこすと聞いたことがある。「二名の鼓動を探知したんだが。見てみよう、そこになにがあるのか……？」

〝おしまいだ！〟とクルデは考えた。調整官はボマツを見つけた。

その瞬間、なにも考えず、かれは行動した、何者かに腕をのばされたかのごとく、調整官の頸に猛烈な殴打をくらわす。ヘルメット下端と金属強化襟のあいだの、あいている個所に、正確に。

調整官は喉が詰まる音をたてた。振り子のように首をたらしながら、倒れる。

「わたしはなにをしたのだ？」クルデは思わずいった。自分のしたことが理解できない。自分は殺害者ではないのだ！

問いに答えるかのように、ボマツが声を発した。ぐずっているが、大声で泣きつづけるかもしれない。寒いのだろう。腹も減っているはずだ……もっと早くに騒ぎださなかったのは、奇蹟だ。

「ちゅっちゅっ」クルデはあやそうと口を鳴らした。「もうすぐ家に着くぞ。暖房のあるわが家だ。ニムのところへ連れていく。あたたかな胸に抱かれれば、元気になる」

ぼろ切れにつつまれた新生児を抱きあげて、そっと揺する。赤ん坊が黙ると、死んだらしき調整官を見おろした。

どうすればいい？

考えるまでもなかった。調整官は貴重な品物を身につけている。もはや必要ないものだ。あとで利用できるよう、安全な場所にかくすべきだ。

そう決めるやいなや、さらにいい考えが浮かんだ。このときまで、どうすれば気づかれずにボマツを連れだし、ニムのいるわが家まで連れていけばいいのか、わからずにいた。なりゆきにまかせるつもりだったのだ。

それがいま、ありがたい状況になっている。

クルデは調整官のスーツを身につけた。装備を奪い、ボマツをかくしていた深い穴に死体を押しこむ。

マントの下に赤ん坊をかかえて家路についた。子供泥棒然とした姿でスラム街をしのび歩くことはない。ヘルメットヴァイザーにかくれて道を闊歩《かつぽ》できるのだ。調整官は、あらゆる住民ゾーンを自由に動きまわれるから。

あとでもどるつもりだった。あの死体を、息子が味わうはずだった運命にひきわたすために。

2

「六百九十五年など、大宇宙の時計に照らせば、どれほどのものだろうか」と、ジュリアン・ティフラーは考えこみながらいった。「永遠のひとしずくですらない」

十三隻の宇宙船は、故郷銀河をつつむ狂気のバリア沿いを光速の三分の一で航行している。

最大の宇宙艦《ツナミ＝コルドバ》が葬列の先頭をつとめていた。次が《シマロン》、しんがりは《カルミナ》と《ハーモニー》である。そのあいだで九隻の二百メートル級球型船が自由落下状態にある。《シマロン》からわずか五百メートルの距離をおいてつづくのが、ジュリアン・ティフラーの宇宙船《ペルセウス》であった。

「どうかしたの？」ニア・セレグリスがたずねる。

宇宙葬は数時間前のことだった。宙航士の古き伝統にしたがって、上質なワインを宇宙の真空にあけた。みながあらためて決意をかたくしていた。あのクロノパルス壁と、その奥にあるらしきいくつもの壁を、破ってみせると。

それはまもなく実現する。ティフラーは確信していた。

「わたしとは、その話をしたくないのかしら？」ふたたびニアがたずねる。その声が耳に入り、はっとした。

「なに？　なんの話をするだって？」肩をすくめ、誤解したふりをして、見当ちがいな返事をする。「会議に呼びだされて、今後の行動が決まる。まずは作戦行動の拠点となる基地が必要だ。だがサトラングは適当ではない。サトラングがあるＭ－３０も同様だ。あの球状星団は標的になりやす……」

ニアはわかったとティフラーの腕を握り、キャビンを去ろうとした。

「いや、いてくれ、ニア」ティフラーがもとめる。「そばにいてくれるとうれしい。きみを感じていたいんだ」

彼女はベッドにいるティフラーのもとにもどった。その頭を膝に抱き、両手を胸もとに滑らせる。細胞活性装置に触れると、胸筋が反射的にひくつくのがわかる。

これに触れれば、ティフラーの胸になにが去来するのか、ニアはわかるような気がしていた。

陰鬱な思いだろう。ふたりは死とそのプロセスについて話しあってきた。かれは、死が細胞活性装置保持者を連れ去ったことを考えているはずだ。ジュリアンは、いつもその事実を意識してきた。不死は借りものにすぎないのだと。細胞活性装置は、暴力的な死から守ってはくれないのだ。

だが、だれがそのような事実と向きあえるだろうか。ときおり、ごくわずかな機会に。生命の危機に見舞われたときに。そのようなときにのみ、ほんとうに意識するのだ。命とは、どれほどはかないものなのか。

たしかに相対的不死者として、考えることはある。細胞活性装置をひょいとはずし、責任をほうりだしてみたら、どうなるだろうかと。二千年以上の時間を生きる。それはときに重荷となりうる……だが、この特権を享受してきたのだ。当然のこととして受け入れ、死やそのプロセスについて、くよくよ悩みはしない。

だが、ジェフリー・アベル・ワリンジャーの死は、強烈に見せつけたのである。細胞活性装置保持者であっても、どれほどもろく、はかないものか。何者かが裏で糸をひいているにちがいない。ワリンジャーから細胞活性装置を奪い、六十二時間のあいだ苦しめ、塵《ちり》と化させた、あの事態の裏で。

それほど、かんたんなのだ。

死は、不死と同じほど、かんたんなのだ。

だれもが容易に出せる答えだった。

不死者のおかれた状況の意義と不条理について、思案してみたところで仕方がない。古き良き友の死を悼むのはもうたくさんだ。はじめからこう考えればよかったのだ。ようやく、すこし自由になれた気がした。

「もしいつか、わたしが超人のようにふるまっていると感じたら、叱ってほしい、ニア」ティフラーは小声でいった。彼女を見あげ、その微笑に気がついてたずねる。「なにがそんなにおかしいんだい？」

「あなたが、よ」と、ニアは応じた。「あなた以上に、まっすぐで愛さずにはいられない人なんて、ほかにいないわ。細胞活性装置保持者であろうと、なかろうとね」

「そうだね。きみはバラ色のメガネでわたしを見ているから」と、ティフラー。「きみはわたしを愛している」

「いまいったとおりの人じゃなかったら、あなたを愛したりなんて、しなかったわ」

それから半時間、ふたりきりですごした。やがて予想どおり、《シマロン》から呼びだされる。ペリー・ローダンが、予定していた会議をレジナルド・ブルの宇宙船で開くと、知らせてきたのだ。

＊

《シマロン》は新〝建造〟様式の宇宙船であった。停滞フィールドにとらえられていた、六百九十五年という時間を計算に入れなければ。とはいえそれは重要ではない。球型船に慣れたギャラクティカーにとり、このかたちは革命的なのである。

この宇宙船は尖端が切れた楔《くさび》型をしていた。船首の幅は六十メートル、船尾の幅は百二十メートル。全長は二百メートルだ。船体の横断面は六角形をし、幅と高さの比は三対二。《シマロン》が最新技術で建造された時代には、一般的な形状とはいえなかった。そしてレジナルド・ブルもまた、一般的な外見ではなく、かつての古き細胞活性装置保持者グループの、優秀な〝建造〟年の人物であった……

　こんにち、だれにわかるというのだろうか。どの宇宙船が銀河系の造船所で建造されたのか、そして、どの子供がみずからの母のふところから生まれたのか。

　ティフラーはこのような警句で話を切りだした。趣味が悪いと責める者はいない。わかっているからだ。大げさな言葉で精神を守ろうとしているにすぎないと。胸のつかえを口にする者はいなかった。みずから整理していくしかないのだから。

　現状会議はブルのキャビンで、ごく少人数で開かれた。キャビンのあるじのほか、ペリー・ローダン、アトラン、ダオ・リン＝ヘイ、そしてティフラーがいるのみである。おもな指揮官とカルタン人の代表者にかぎられ、ミュータントやほかの宇宙船の指揮官、科学者のチーフなども呼ばれていなかった。このような者とは随時、会議回線で連絡がつく。ブルのキャビンには、それに応じた技術装置がそなえられていた。

　グッキーだけは連絡がとれなかった。ネズミ＝ビーバーがどこにもぐりこんでいるのか、知る者はいない。だが、みながその態度を理解していた。イルトはただひとり、ワリンジャーが名乗った〝サトラングの隠者〟の死を目にしたのだ。心に深く刺さっているのだろう。

だが、ほかの者はそろって〝抑圧〟していた。

「喫緊《きっきん》の課題は、故郷銀河の運命を解明することだ」と、ローダンがいう。アトランを見て、「だが、力ずくで、とはいきますまい。怒りにまかせてクロノパルス壁に突入したところで、得るものはない。この線でラトバー・トスタンを説得できたのですか？」

「したとも」アトランがうなずく。「だがかれ、ほかのだれをおいてもわたしにしたがう、というわけではあるまい。独断行動をとらぬよう安全を期すため、トスタンを《ツナミ＝コルドバ》から降ろすべきだ」

「なにがあったのです？」ダオ・リン＝ヘイがたずねる。

「狂気のバリアが、時空操作と関連ありと明らかになってからというもの」と、アトラン。「トスタンは、みずからのツナミ船のＡＴＧを使って突入を試みるべきだと、強く主張しているのだ」

「筋はとおっているように思えますが」カルタン人はいった。「アンティテンポラル干渉フィールドもまた、時間異状にもとづくバリアを突破する手段になりうるはず。それともこれは誤解ですか？」

「原則としては、誤解ではない」ローダンが認める。「だが、あのバリアについては、まだわずかな知見しか得られていないのだ。このため、リスクの高い行動に出るわけにはいかない。明らかなのは、最低でも二枚の壁があるということのみ。クロノパルス壁は、ハイパーエネルギー性フィールドは通過させる。だが、その奥にすくなくとももう一枚の壁が存在している。五次元放射さえも遮蔽するものだ。しかも両側から。それに対して、電磁波はあのバリアを通過できる。さもなくば銀河系を見ることはできないはずだ。そのほかにはなにも通さない。どちらの側からでも。そのいっぽうで、未知飛行物体の影の探知はできている。おそらく、サトラングを出てクロノパルス壁に向かい、通過したものだ。そのような宇宙船を鹵《ろ》獲《かく》できればチャンスとなろう。だが、それは当面、夢でしかない。むしろ《ツナミ＝コルドバ》こそが銀河系に到達する唯一の希望といえる。とはいえ、われわれ唯一のＡＴＧをそなえた宇宙艦を、軽率に危険にさらすわけにはいかないのだ」

「そのテーマは実際、現時点で議論すべきことではありませんよ」と、レジナルド・ブルが同意して、「待ってみましょう。アンブッシュ・サトーとそのチームが、具体的な成果を出してくれるまで。いまできるのは、銀河系をつつむ壁を計測して、穴を探すことだけだ。まったく、あのバリアが銀河系を完全に包囲してるなんてことが、あるはずはないんです。どこかに裏口があるはずだ。それを見つけてみせますよ」

「それまでは、使える手段を投入し、力のおよぶかぎりのことをしよう」と、ローダン。

「星々を移動させることはできない。だが、すべての手段を利用すれば、道は浮かびあがってくるだろう。まだできるかぎりのことをしているわけではない」

「まさにそれです」ダオ・リン＝ヘイが口をはさむ。「利用できる手段には、アルドゥスタアルもあるのです。そろそろあなたが、わが種族の銀河へ行くと考えるように願っています。あそこで天の川銀河の謎を解く鍵となる情報が得られるかもしれない」

　ローダンは嘆息した。ダオ・リン＝ヘイと同族十二名の、みずからの種族のもとへ帰りたいという願いは、理解できる。過去六百九十五年のあいだに、同族の者たちがどうなったかを知るために。とはいえ現状では、どの宇宙船も手放すわけにはいかなかった。カルタン人がもとめているサラアム・シインの《ハーモニー》でさえも。十万の部品に崩壊した《バジス》のもとに《モノセロス》をのこしてきたことを、後悔していた。

「時間をもらいたいのだ、ダオ・リン」と、ローダンがカルタン人に語りかける。「闇に、いくばくかの光をもたらす必要がある。一、二週間後にまた話そう」

　ダオ・リン＝ヘイは話しはじめた。またしても、ローダンの合意なく渦状銀河M-33に飛ぶよう、サアラム・シインを説得すると迫ろうとしたようだ。だが、口をつぐみ、冷ややかな拒否をしめす。

　カルタン人にとり、これで会議は終了だった。とはいえ離席はしない。決定的な決裂ではないということ。ローダンは落としどころを探ろうと、

「まだ待つのは、きみたちにとっても最善かもしれない。アルドゥスタアルの状況もまた、なにひとつわかっていないのだ」

　そこで横槍が入った。アンブッシュ・サトーから呼びかけがあり、告げられたのだ。ハミラー・チューブがローダンと話したがっていて、〝どのようないいわけをされてもひきさがるつもりはない〟と、主張していると。

「クロノパルス壁への鍵をもらえるほうが、うれしいがね、サトー」と、ローダンがいう。それでもこの闖入《ちんにゅう》はありがたかった。氷のような雰囲気がゆるむかもしれない。

「なにか重要なことか、ペイン？」ハミラー・チューブとのコンタクトに応じて、ローダンはたずねた。いまなお解明されていないのだ。宇宙ハンザ以前のあの天才ハイパー物理学者の保存脳が、チューブ内に存在しているのか、どうか。あのチューブの名前はその学者にちなんでつけられていた。とはいえたしかなのは、ハミラー・チューブが精神を損なっているということだ。しかし、〝サー〟と呼びかける古い習慣を持ちだす奇行は、最近になってはじまったものではなく、昔からだ。ハミラー・チューブには以前から奇妙なところがあったが、このところは常軌を逸している。

「記憶の一部をさらにとりもどしました、サー」と、ハミラー・チューブが告げる。

「《バジス》が崩壊にいたった背景をご説明できそうです、サー」

「ならば説明してくれ、ペイン！」

「いまここで、とはいきません」ハミラー・チューブは応じる。「わたしを《バジス》にもどしてください。自由テラナー連盟の誇りを組み立てられるだけの、できるかぎりの補助要員をつけて。わたしの完全な性能をとりもどすのです。そうすれば、すべての謎を解いてみせます」

「わかった、ペイン」ローダンはきわめて真剣に、「急ぎ、月のネーサンと連絡をとり、同意をとりつけよう」

「サー！」ハミラー・チューブが立腹して叫ぶ。「このような些事《さじ》のために、手助けなど……」

ローダンは通信を切った。会議にもどる。

*

「われわれ、サトラングにモニター・システムをのこしている。異状が起きれば自動的に警報を発するものだ」ローダンが説明する。「異状として想定されるのは、あの亡霊船が再度あらわれる、あるいは、べつの訪問者が姿を見せる、といったことだ」

「未知船の正確な探知はできていません。影の映像のみで」ティフラーが口をはさむ。

「監視システムは、どうやってそれと認識するのですか？」

「むろん正確な特定は不可能だ」と、ローダン。「だが、これまでの相対値から、高い蓋然性で計算はできる。くわえて、サトーは確信しているのだ。これまでのデータをもとに、かれのチームがあの物体を正確に探知するシステムを開発できると。現時点では、手持ちのもので満足するしかあるまい。ところでサトラングは、以降の計画の主題にはならない。クロノパルス壁の計測も最優先事項ではない。あのバリアの規模や包囲領域の解明もまた、重要度は高くなかろう。優先すべきは、どの個所がバリアの外にあり、到達可能なのか……」

　ジュリアン・ティフラーは、ローダンの説明を必要な集中力をもって聞いていない自分に気づいた。なおもサトラングやワリンジャーのことを考えていたのである。

　なぜ未知者は、ワリンジャーを残酷に生から死へと追いやったのか。細胞活性装置を奪い、六十二時間で最終的な崩壊にいたる、急速な老化プロセスにまかせることによって。

　あれは、危険になりうる敵を排除するためだけだったのか？　ワリンジャーは卓越した研究センターを建設していた。そこでクロノパルス壁の克服にもとりくんでいたにちがいない。その成果はすべて、自爆装置がひきおこした爆発で失われてしまったのだが。

　しかし、銀河系の未知支配者にとって、ワリンジャーは危険な存在ではなかったのかもしれない。細胞活性装置だけが目的だったのではないか？　問いに問いがつづき、答えはなかった。

ティフラーはふたたび会議に集中した。アトランが発言している。

「……球状星団M‐13は除外するしかあるまい。アルコン人やアコン人とコンタクトがとれればありがたいがね。貴重な情報が得られ、さらにはわれわれの計画の強力な味方になってくれるはずだ。この点、ポルレイターのほうが希望がある。M‐3は銀河系から遠くはなれている。初回の計測結果は勇気づけられるものだ。M‐3がバリア内にあるという具体的な証拠はない。われわれ、ポルレイターの技術力はわかっている。さらに、われわれを一度ならず助けてくれたこともある。これをチャンスととらえ、コンタクトをとるべきだ。これを最優先の課題としたい。

同時に、ギャラクティカム種族がわれわれの時代に銀河系外に保持していた基地も考慮する必要があろう。むろんそのさい、宇宙ハンザの商館と研究拠点を第一に検討すべきだ。そのような入植地は局部銀河群全体に無数に存在する。その一部は銀河系近傍にもある。すべてがクロノパルス壁の向こうというわけではない。

われわれ、そのようなハンザ基地を重要度順にリストアップした。最上位はポイント・シラグサ。ここを最初に訪問すべきだろう」

「古き良きイル」ティフラーが口をはさむ。「醜さの具象。だが、すぐれた叡智《えいち》をそなえている」

アトランはけげんな視線を向けた。だが、動じずにつづける。

「ギャラクティカーやテラナーと密接な関係にあった非銀河系種族も考慮に入れたい。とくにグラドだ。二百の太陽の星における獅子人間との最初のコンタクトは、実り多きものではなかったがね。かれらの故郷、大マゼラン星雲を訪問すれば、多くが期待できるやもしれぬ。

　ここでカルタン人やマークスの名をあげないのは」

　アトランはダオ・リン＝ヘイを横目で見て、つづけた。

「かれらが目下、われわれの手のとどかぬ場所にいるからにすぎない。

　最後に、重要でないとはいえぬ点として、基地の建設に触れておきたい。基地は、守られ、防衛が容易で、戦略的に重要な地点に設置すべきだ。だが、残念ながらわれわれ、まだこの条件にしたがって探し、決められる状況にはない。したがって当面、座標を集合地点としよう。それはサトラングから百八十五光年の自由空間に位置している。正確な座標は追って知らせる。集合地点のコードネームは〝フェニックス＝1〟だ」

「任務の分担にうつる」ローダンがつづけて、「これについては柔軟に考えてよかろう。だが、ポルレイターの件はわたしがひきうけたい。理由は明白。わたしとポルレイターとの関係には長い歴史があるからだ。《シマロン》でM‐3に行ったのち、任務の成否にかかわらずコースをマゼランにとる。目的地はリシュタル星系の惑星、アイシュラン＝ホだ。ここが考慮に値《あた》いするのは、いまなお自由貿易惑星の地位にあるからだ。変化した可能性もあるが、以前の状況をもとにするしかあるまい。したがって、アイシュラン＝ホだ。追って決めるもう一隻の宇宙船もそこへ向かい、現地で《シマロン》と合流する」

　ローダンは意図的に間をとり、つけくわえた。

「大筋において任務の割り振りは以上だと思うが」と、ティフラーに声をかける。「きみはポイント・シラグサに関連して、ある名前を口にしたな、ティフ。あのハンザ基地と個人的なつながりがあるといいたかったのか？」

　ティフラーは笑みをかくしきれないまま答えた。

「イルは、あの基地の名前の由来になったチーフ技師のファーストネームです。彼女のことは知っています……いや、知っていました。天才でしてね。専門分野のことだけでなく、ニッキと同じように無鉄砲で。ポイント・シラグサはわたしのほうでひきうけますよ」

「わかった」ローダンはみじかくいった。

「提案をしてもかまいませんか？」ティフラーは同意を待たず、つづける。「ストロンカー・キーンと、パートナーのラヴォリーが知らせてきました。《ペルセウス》は退屈だそうです。あそこには貢献できる分野がないと。二名を《リンクス》に送りかえそうと思っています」

「かまわないとも」と、ローダンは応じる。

これで会議は実質的に終了した。三々五々、個々の詳細や、山積する周辺の問題について話しあうばかりである。

だが、ティフラーはその後の会話にはくわわらなかった。計画の立案はローダンとアトランにまかせて、心はすでにポイント・シラグサに飛んでいる。陰鬱な思いから気をそらすために、なすべきことが必要だった。無為にすごす重苦しい気分を克服し、無力だと感じずにいるために。

ときに、作業療法が最善の薬になる。

*

ジュリアン・ティフラーは《ペルセウス》への帰途についた。にわかに、あらたな任務に出発しようと急ぐ。《シマロン》には転送機できていた。この手早い移動手段を選んでよかったと、感じていた。

転送機室への通廊で、ローダンの娘エイレーネに会った。コヴァル・インガードが同行している。崩壊した《バジス》乗員の後裔《こうえい》、ハンガイ銀河の惑星ブガクリスの〝蛮人〟である。

エイレーネがティフラーの手を握る。

「わたしたち、ソラリウムに行こうと思って。なにをそんなに考えこんでいたの、ティフ？」

「半時間ほど時間をもらえるなら、いまくだされた決定を詳細に説明するとも」と、ティフラーは陽気に応じる。

「もういいわ！」エイレーネはしぐさで断った。インガードの手をとり、足早に通りすぎながら、「お父さんもみんなも、なにが正しいのか、よくわかっているんでしょう。心から信じてる」

ティフラーはふたりを見送った。やがて二名は反重力シャフトに消える。あれは若者の特権なのだ。恋をして、悩みを知らぬのは。

3

モンカはじっくりと着衣をととのえていた。

これを日々こなすのは、かれにとり朝の儀式である。完全にひとりになれる、個人的な礼拝だった。このさまはだれにも見せない。万物の母にさえ。かれは選ばれし者だから。三名のうちの一名なのだ。そして最良の者だ。カロルやディルングなど、足もとにもおよばないのである。

おそらく、史上最高の調整官ですらあるだろう。

モンカは職務に習熟していた。

まずは、あたたかい下着だ。柔軟体操をする。歩きながらズボンのしわをのばし、からだを左右にひねった。誇らしげに鏡の姿にうなずく。みずからの熱放射に陶然としていた。鏡がうつす体熱は、きわめて適切な温度である。

「きょうは調子がいいな」と、ひとりごちた。ふさわしい任務が待っているといいが。

スーツをするりと身につけた。ファスナーを閉じて腰のベルトを締め、バックルのとまるしっかりとした音を味わう。ついでポケットやベルトのポシェットを順番にたたいていく。バッテリー、センサー・パック、携行ライト、ブラスター、衛生用品、糧食の袋、水筒、通信装置。すべてそろっている。どれも正しい位置にあり、しつらえたかのごとくおさまっている。

モンカは満足していた。

最後はヘルメットだ。しばし目の前にかかげ、やがてかぶると、ヴァイザーをかちりとおろした。ヘルメット下端の接続ワイヤーを制服の下に通し、ベルト上方の腹部スリットに手をさし入れて、つかむ。ワイヤーをひきだしてプラグをバッテリーのソケットにさす。

カロルやディルングにとり、これはわずらわしいルーチン作業のはずだ。だが、モンカはこの動作を意識的におこなうことを重視していた。装備が機能するかどうかに、命が左右されるかもしれないのだ。センサー・パックのキイを押し、ヘルメットの機能をオンにする。

いっきに周囲が変化した。赤い光につつまれたかのようだ。もっとも寒い個所はグリーンの光源でしめされている。ヴァイザーの走査パターンごしに見る世界は、数字や文字の組みあわせで分類された、いくつもの幾何学フィールドに分割されている。視野のなかに、探知、計測され、データにより分類されていないものは、いっさいない。かれの目から逃れおおせるものは、なにひとつないのである。とくに遮蔽されていなければ、壁の向こうの低温熱源さえ発見できた。だが、かれが活動する区域には、これといった熱遮蔽はない。死のゾーン、つまり不可視者が露命をつなぐ地下には、そもそも遮蔽など存在しないのだ。千七百七十七名の下層民が暮らす冬景色で断熱されているのは、居室、そしてわずかなみすぼらしい娯楽施設と、申請局と社会復帰局のある不恰好な建物だけだ。

内部領域の、七百七十七名の市民が住む太陽の国には、かれの敏感なセンサーの探知をはばむ装置がいくつかそなえられている。だが、市民とかかわることはあまりなかった。その担当はお高くとまったカロルで、かれは文明社会の不安障害的な成長不全者の処理のほうに特化している。ディルングも同様だが、あの男はサディストだ。標的を苦しめ、殺すことを楽しんでいる。あの男は、調整官の称号にふさわしい者ではない。殺人者であり、拷問者だ。それにそもそも、臆病者なのだ。

さいわい、ディルングは高齢死者ばかりを殺している。だからこそ残忍になるのかもしれない。みずからがまもなく最期を迎えるとわかっていて、その前に多くの者をあの世に送っておきたいと思っているから。

モンカはディルングを軽蔑していた。

最後にもう一度、贅沢なしつらえの自室を見わたす。秘密の出動口から家を出た。鏡を抜けると民衆調査局の地下である。リフトを作動させ、十階層をあがっていく。最上階で通廊に出て、つきあたりのドアに向かった。その奥に入る。三つの端末がおかれたオフィスは無人だった。調整官一名につき一台、合計三台のテーブルがあるのみである。

市民や下層民は、すくなくとも二十名の調整官がいると思っている。あらゆる場所に、即座にあらわれるためだ。だがいずれにせよ、万物の母と十一名の顧問官のほかに、かれらの名前を知る者はいない。さらに実際の活動では、標的に対してさまざまな架空の名前を名乗っていた。モンカは二十ほどのコードネームを使っているが、もっとも気にいっているのは〝ファーザー〟である。その名を使えば、標的はすぐに事態を理解する。ファーザーとしてのかれは、音もなく確実にしとめる殺人者として名をはせていた。

モンカはすわり、ヘルメットをわきにおいた。センサー・パックとの接続は切らぬまま、コンピュータとつなぎ、本日の予定を呼びだす。

最初にメッセージがひとつ点滅。カロルのものだ。

ディルングになにがあったか、知っているか？
かなり前から見かけていないのだが。

「あの殺人鬼が、わたしとなんの関係があるというのだ」モンカは音声でコンピュータに返事をした。「いずれかの拷問室で、血にまみれて遊んでいるのだろう」

モンカはほかの通知に目を通した。きょうは三件の死亡が指示されている。二件はディルングに、一件はカロルに。三件すべてが冬景色での執行だった。きょう、モンカに処刑の予定はない。任務リストを目で追ううちに、死のリストの内容が変わった。ディルングの名がモンカの名前に入れ替わり、同時に特命があらわれた。

モンカに出動命令。ディルングを探せ。あの調整官は出動していない。

ここ数日の出動リストを見る。ディルングが八日前から成功報告をしていないことを確認。いや、それ以降、正式な出動命令をなにひとつ実行していなかった。ときに独断行動が許されるディルングとはいえ、これはおかしい。そのいっぽうで、本部とのコンタクトは一度たりとも切っていない。それなのに一度も報告をせず、指示された件を遂行していないのだ。

モンカはディルングのコードを入力した。即座にコンタクトが成立。いま、ディルングは死のゾーンの最西端にいる。その場から動かない。四日前から動いていなかった。

それに対して、その前はじつに活発だった。行動半径も消費欲も。ディルングは十人ぶんをたいらげたにちがいない。あるいは、数週間ぶんの食糧を備蓄したのか。

ディルングは四日のあいだに十回、うつし絵に行き、大量の薬を買いこみ、一連の贅沢品のほか、十個の使い捨て保温具も購入していた。向こう二年ぶんのボーナスを使いきっている。

これはなにを意味するのか。ディルングは脱走の準備をしている？　下層民、あるいは不可視者とさえ手を組み、世話をしているのだろうか。保温具は死のゾーンに長くとどまる場合にのみ役にたつ。それが十個だ。そのうえ抗生物質や粉ミルクで、ディルングはなにをしようというのか。

脅迫されている？　脅されるような、なにをした？　調整官の特権を利用しようとした不可視者に、捕らえられているのか？

モンカは、おのれを優秀な犯罪捜査官だと自認していた。犯人を逮捕したり処刑したりする前に、まずは動機を調べるよう、つねにみずからに課していた。

だが、証拠、すくなくとも状況証拠にもとづかない推測はしないことも、第一の原則としていた。それがまちがった結論を出し、誤った手がかりを追うことを防いでくれる。こうして多くの時間を節約して、自分の神経を守っていた。

スクリーンにふたたび指令ウインドウがあらわれる。

ステータスメッセージの下にあった、〝モンカに出動命令〟の文言が変わっていた。

〝ディルングを探せ……〟も、ない。あったのは、

ディルングは解任した。

ただいまより即刻、ディルングから調整官の地位を剝奪する！

ディルングの人生は終わった。

モンカはディルングを処刑せよ。死体を死の間にひきわたすこと。

任務通知は完了。成功報告を待つ。


「ディルングを殺す……願ってもないことだ」と、モンカはコンピュータにいった。この発言は記録にのこってもかまわない。だが、同時に自問していた。ディルングの後任はだれになるのか。候補者リストの内容は知らない。強い口調でつけくわえる。「冷やしてやるとも、フリーザー」

スクリーンが通話モードになり、黄色く点滅をはじめた。

メッセージがあらわれる。〝市民回線。フリーザーあての通話。ファーザーが受けよ〟と。この回線はたいてい、隣人や配偶者の違反を通報する密告者が利用する。あるいは、殺害許可をもとめる者が。

モンカは通話に応じた。声をゆがめさせるために、ヘルメットをかぶる。

ただちに女性のかすれた声がした。

「こちら〝シスター〟。依頼の実行を待っています、フリーザー」

モンカは迷わなかった。長い経験から、このような場合のいいまわしも心得ている。

「ボーナスは成功してからだな」

「うまくやったようですね。統計日報でわかりました。出産は二件。死亡は五件、一件の死亡は猶予。これはどういうことかしら。あなたがやったのでしょう。ですから、ひきわたしなさい」

「使者を立てて送りとどけろとでも？」

「わたしがどこにいるのか、知っているのでしょう、フリーザー。なぜ何日も待たせるのです？　なにをたくらんでいるのでしょうね。だますつもりなら、心しておきなさい」

「この件は完了させるとも」と、モンカ。「だが、トラブルが起きた。べつのひきわたし地点を決めるべきだ」

「気にいらないわ」と、かすれた声の女性はいった。

「わたしもだ。決めなおすか、それとも……」

「だめよ！」女性がさえぎる。「そのようなことをすれば、あなたも死者になるわ」

「わたしは死者だ」モンカは強くいった。「それで、どこだ？」

しばし沈黙がつづいた。やがて、

「一日の最後の四分の一がはじまるころ、贖罪《しょくざい》の斜路で待っています。セイナの香りでわかるでしょう。いいですか、時間どおりにこなかったら……あなたはわたしを〝冷やす〟でしょう！」

「約束は守るとも」と、モンカ。

接続が切れる。

モンカは通話記録を作成させて、驚いた。その通話は最内部区域から、つまり〝故郷〟からかかってきていた。あの女性は百十一名の上位者のひとりということ。その特権には匿名でいられることもふくまれている。むろん、通話記録には名前も接続コードものこされていない。

ディルングはなにに巻きこまれていたのだ？　この件は自分の手には負えないのではないか。あの処刑命令と関係があるのか？　だが、あの女性が手をまわしたわけではあるまい。さもなくば〝フリーザー〟と連絡をとろうとはしないはずだ。

モンカは、女性がそうとは知らずにあたえてくれた手がかりを追った。〝死亡は五件。一件の死亡は猶予〟の報告がある日報を呼びだす。ディルングが最後に活動した日のものだ。〝一件の死亡は猶予〟の報告には、内々の注がついている。次のように。

非合法の子供が死の間にひきわたされたのち、盗まれた。
犯人は不明。

モンカはその日のディルングの出動記録を呼びだした。

当日の行動は、以下のとおり。

ディルングは勤務に入るとすぐに、匿名の通話を受けた。捨てられた子供を受けとるようにと指示されている。その子供を追って死のゾーンに向かい、新生児を死の間にひきわたした。直後、その子供は盗まれている。犯人はその区域の事情を正確に知っていたにちがいない。侵入者に警報装置が反応しなかったから。子供が盗まれたのち、ディルングは死の間にもどり、犯人を発見して報告した。ついで、みずから捜索に向かい、死のゾーンで追跡した。

だが、この件は完了しなかった。ディルングは成功報告をしていない。それにつづく四日間、冬景色を歩きまわり、買いだめをしている。

事件の背景は明白である。だが、いくつか、辻褄《つじつま》のあわないところもある。

ディルングは、〝シスター〟と名乗る特権者から、その非合法の子供を彼女のために盗みだすよう依頼されたようだ。彼女はいま、そのひきわたしをフリーザーにもとめている。〝いいですか。あなたはわたしを冷やすでしょう！〟

ディルングは捨てられた子供を正式に死の間にひきわたし、登録させた。それから匿名の者となってひきかえし、子供を盗んだ。ついで公職の身にもどり、卑劣な行為の発見者として登場した。

複雑なやり方ではあるが、理解できなくはない。

なんらかの理由で、ディルングは依頼を完了させることができなかった。おじけづいて食糧を調達し、地下に向かった。そこまではいい。だが、潜伏しようというのなら、なぜ通信装置を切らなかった？

そして、その子供はどこにいる？

なぜ上位者が、故郷の特権者が、その子供を〝生きたまま〟手に入れることに興味を持つのか。上位者ならば、十やそれ以上の子供を〝つくれる〟はずだ。あるいは……その痛みが耐えがたければ……養子をとることもできるだろう。しかも合法的に、なんのトリックも使わずに。上位者には制限などいっさいない。正式には百十一名しかいないが、管理はみずからおこなっていて、そこから十一名の顧問官が選ばれている。実際の人数など、だれにも確認できないのだ。そのうえいずれにせよ、未成年者は百十一という魔法の数字には加算されない。

とはいえ、モンカはどうすべきかわかっていた。

カロルにメッセージをのこす。通話でもよかったが、同僚との個人的な接触はできるかぎり避けていた。友情など結ばないほうがいい。義務をはたすさいに障害になりかねない。

「フリーザーをつかまえてくる」と、モンカはマイクにいった。気分にまかせてつけくわえる。「対象者がきみじゃなくてよかったな、カロル」

コンピュータの電源を切り、死のゾーンへ向かう。ディルングを、かくれ場からひきずりだすために。

＊

それはせまいかくれ場だった。ディルングは冷たくなっていた。横にスーツがある。この傷《いた》みようは、みずから脱いだものではない。スーツを脱がされたとき、すでに死んでいたのだろう。脱がした者は、のちに戦利品を破壊しようとしたようだ。

スーツはひき裂かれていた。燃やしたあともある。装備はへこみ、ばらばらになるまで殴打され……それでも通信装置は機能していた。位置発信シグナルは明瞭で、バッテリーは強力な熱源であるため、モンカは死のトンネルのこの窪みまでまっすぐにきて、死体を穴からひきずりだせたのだ。

モンカは犯人の足どりを鮮明にイメージできた。買いだめと、〝フリーザー〟が冬景色を動きまわった意味も。だが、推測に深入りする前に、解剖所見を待つべきだろう。ディルングの死体を死の間に運び、検死ロボットに調べさせた。結果は推測を裏づけるものだった。八日前の時点ですでに、死亡していたのだ。

冬景色の飢えて凍えた狡猾《こうかつ》な者が、ありったけの贅沢をしたということ。故郷のような暮らしをするために。費用は調整官に支払わせて。

モンカはその寄生虫に強烈な死を味わわせてやるのが楽しみだった。どうすべきかはわかっている。同情を呼ぶ下層民の仮面をつけるのだ。

だがその前に、〝セイナの香り〟のシスターとの、ランデヴーの予定が入っている。

＊

調整官が私人として行動する場合には、つまり、制服も付随する装備も身につけない場合には、いくらかの不都合が生じる。そのような任務は全般的に、危険度も増す。ヘルメットがなければ、警報を出せず、応援も呼べないからだ。本部とのコンタクトもなく、位置発信シグナルも出せないとなると、名もなく動きまわることになり、居場所を知る者もない。

だがそれが、今回は好都合だった。行動が記録にのこされないからだ。かれの計略が人目に触れることもない。法に触れるぎりぎりの措置をとらざるをえない場合でも、それが理由でおとしいれられる心配もないということ。あやしげな取引に調整官の制服を着用して行きはしない。つねに監視の目にさらされるより、調整官の不可侵性を放棄するほうがよかった。

モンカはディルングほどおろかではなかった。

あらゆる場所に通用する簡素な着衣を選ぶ。市民の区域にも、下層民のスラム街にも行ける服だ。こちらでは落ちぶれた印象をあたえるだろうが、向こうでは、飾りたてているように思われるはずだ。

今回は自室のドアから出ていく。いま、かれはモンカだった。市民への物資の分配を監視し、精神衛生にも目をくばる監督官である。これもまた尊敬に値いする地位だ。

わきの下にはブラスターを携行している。

贖罪の斜路に着くと、まさに一日の最後の四分の一になろうという時間だった。幅のひろい斜路は、床面の高さから大きく弧を描いて大型ハッチにつづいている。いまは無人だった。六十体の金属彫像が、つまり廃棄されたロボットが、斜路の左右で永遠の監視についていた。

ときおり歩行者が通るばかりである。おずおずと床面を見るか、斜路を大きくよけて歩いていく。だれひとり、万物の母に罪を認め、あがなってもらおうとは思っていないようだ。死の許可を願いでる者もいない。贖罪の格納庫にいたる大型ハッチは、きょうも強い威圧感をはなっている。

モンカはしばしたもとをぶらついていたが、やがて斜路に足を踏み入れた。ロボットの列に沿って歩き、じっくりと眺める。もっとよく見てみようというそぶりで、一体の前で立ちどまる。金属の彫像と語りあうかのように。

このふるまいは、改悛《かいしゅん》する罪人を見習ったものである。このようにして、イルの前での懺悔《ざんげ》にそなえるのだ。

モンカはすでに斜路を半分ほどあがっていた。そのとき目のはしでとらえる。フードつきマント姿の人物が、斜路に足を踏み入れたのだ。しなやかな足どりから、自負のある女性とわかる。

モンカはためらいながらも先に進んだ。女性は衣《きぬ》ずれの音とともに一瞥《いちべつ》もせず通りすぎていった。香気をのこして。平均的な精力の男性を強力な者にするという、セイナの花のスパイシーな香りだ。

だが、モンカにその効果はあらわれない。少年のころに不妊処置を受けているから。

未知女性は大型ハッチに着いた。ベルを鳴らし、小型ハッチから奥に滑りこむ。追加で大型ハッチにそなえられたものである。

モンカも歩を速めた。女性の決然たる態度に勇気をあたえられたようなふりをして。ハッチに着き、ベルを鳴らす。自動装置がすぐに応じて入れてくれる。

格納庫は無人だった。かつてここに大型宇宙船が収容されていたとは思えない。モンカはうつし絵でそのような宇宙船のある格納庫を見たことはあった。それでも、ここにあったとやすやすと信じることはできないのだった。

記録映像では、宇宙船のその後はわからなかった。万物の母が所有しているのかもしれない。

左のほうで、影が柱のあいだに消えるさまが見えた。懺悔《ざんげ》室のほうだ。そちらへ向かう。モンカの足音が丸天井に響きわたる。

女性に聞こえるよう、わざと大きな音をたてて歩いていた。のこされた香気を追うだけでいい。

懺悔室の連なる場所へくると、あの女性がにわかに柱のかげからあらわれた。フードを深くかぶり、顔には光を吸収するヴェールをたらしている。

「わたしを追っているのですか？」かすれた声が鋭くいう。電話の声だ。

「あなたの香り……わたしはつい……」モンカはつかえながらいった。わざとぎこちないしぐさをする。女性を油断させ、電光石火で手をのばす。フードをひきおろし、ヴェールをはがして縄のごとく喉にまわした。女性は息ができず、驚きのあまり抵抗することもできなかった。

「騒ぐな」モンカが耳打ちする。「われわれ、ここで約束していた。美しきシスターよ。

電話で話しただろう」

彼女は美しくなどなかった。若くもない。

息をして話せるよう、喉をゆるめる。

「あなたは、フリーザーではありませんね」女性はいう。「なぜフリーザーが自分でこないのです？　それになぜ、あの子を連れてきていないのですか？」

「フリーザーには少々、事故があった」モンカは応じた。「虚無にのまれた。子供のほうは、安全なところにいる」

女性は振りかえろうとした。だが、そこまでのからだの自由はあたえない。

「まだ生きているのですか？」女性は不安げに、「元気にしていますか？　なにが起きたのです？」

「まずはあなたの名前を」と、モンカはもとめた。

「それは知らないほうがいいでしょう。もし知れば、あなたにとり死刑判決になりかねません」

「あなたの名前だ」

「アンリナです。これで気がすみましたか？　それとも、死ぬ気になりましたか？」

モンカは驚いた。上位者のなかに、アンリナは一名しかいない。この女性が事実を話しているのなら、イルの最上位のいとこである。したがって、この世界で第二の権力を持つ女性だ。上位者は全員が親戚関係にある。十八世代にわたって近親婚をくりかえしているのだから、不思議ではない。だが、アンリナは万物の母のもっとも近くにいる女性なのだ。

「信じるとも」モンカはいい、高齢女性をはなした。「通常の女性は、あなたのような高齢にはなれない」

「これでわたしへの罪をあがないなさい！」アンリナが攻撃に転じた。その手で金属が光る。だが、モンカは手をつかんで毒針をたたき落とし、ブラスターを向けた。

「それではすべてを話してもらおう」と、荒々しく、「どんな卑劣なことをフリーザーとたくらんでいた？　なぜ非合法の子供とかかわりあうことに？」

アンリナは銃に動じず、モンカを感心したようすで見つめている。

「わたしに挑戦するのなら、生きのびる道はふたつしかありません。肉体を持つ者がいずれたどる道をいますぐ選ぶか、わたしと手を結ぶかです。ほかに選択肢はありません。あなたは生きるほうを選ぶでしょう。ですから、聞きなさい」

アンリナは話をつづけようとした。だが考えなおす。首の動きで、懺悔室についてくるようながした。六つの部屋のひとつめに入り、モンカがついてくると、専用スリットに認識プレートをさしこんだ。

「これでだれにも聞かれません。あなたもこの会話を記録することはできませんよ」アンリナが皮肉をこめていう。「いまこのときから、あなたはわたしのものです。フリーザーと同じく。あなたがかれを殺したのですか？」

「上からの命令で」と、モンカは応じた。「話すんだ」

「あの子供は……あれはわたしの息子です」と、アンリナはいった。これは罪の告白ではないか！「わたしはイルの意に反してあの子を産みました。イル自身は子供を産めなかったので、数人の娘を養子に迎えたのです。後継者を確保するために。そして、ヴィルタとスラマ、さらにニナが肉体上の子供だと告げ知らせました。しかし、わたしにはそうではないという証拠があります。イルは後継者争いを危惧していましたから、恐ろしい陰謀を画策し、近親者が、つまり養子の娘と支配者の座を争いうる者が、子を産まぬようにしたのです」

　アンリナは嘆息した。

「わたしはそのような画策を受け入れず、イルをあざむきました。不妊をよそおい、イルが何度ももとめてきた検査結果をすべて偽り……しかし、あなたにはなんの関係もないことです。そしてついに、妊娠に踏みきるときがきました。イルはわたしを監視させていましたが、彼女の目の前で、気づかれないうちに子供を産んだのです。しかし、故郷でいつまでもその子をかくし、育てることはできませんから、フリーザーと手を結びました。その後はあなたも知っているはず」

「わからないのは、なぜあなたが最初に子供を捨てたのか。のちに連れださせるためだけに」と、モンカはたずねた。

「誕生を記録させるためです」アンリナは説明した。「はじめて息をしたときから、この世界でなんらかの地位を得ておくのは、重要なことです。それさえすませておけば、わたしがのちにその子の権利を認めることができます」

　モンカは納得した。

「だが知ってのとおり、あなたの策略は気づかれないままとはいかなかった。何者かが、イル自身の可能性もあるが、事態を見ぬき、ディルングを処刑せよと命令を出した」

「それがフリーザーの名前なのですか？」アンリナがたずね、けたたましく笑った。「おろかなこと。わたしをまったく信じていなかったから、ほんとうの名前さえいわなかったのだわ。モンカと名乗っていました。ディルングを処刑せよという命令は、わたしが出したのです。わたしにはその後任となるべき候補者が、将来有望な若い男性がいたものですから」

「子供の父親ですか？」

「もう充分です！」アンリナは鋭く、「あなたは知りすぎるほど知ってしまいました。ですからフリーザーの役割をひきつぐ義務があります。息子はどこに？」

「冬景色に」と、モンカは応じた。「下層民が息子として迎え入れている。そちらはまだ追えていないが」

「気にいらない話ですね。息子にはすくなくとも市民世界で成長してほしいと思っています。わたしの手はずがととのうまで。そのように手配なさい」

「見返りは？」

「長寿です」

「ディルングのような？」

「あれは自分で招いた運命です。わたしを信じなかったから。同じ過ちはおかさないことです。それにフリーザーの後任は、あなたの強い味方になってくれます。かれが命令をくだすでしょう。あなたは偉大なるわざのために選ばれたのですか。わかっているのですか？」

「わたしはあなたのものだ」

「あなたはあらたな万物の母に愛されています」と、アンリナ。「もう行きなさい。わたしはイルに懺悔をします。いずれ連絡しましょう」

＊

ここはあまりにも寒く、くさかった。暖房も空気再生装置も、めったに作動しないいためだ。ここでは酸素を出す植物も育たない。寒いだけでなく、植物に必要な人工恒星もないからだ。人工恒星は市民世界にも存在しないが、ここでは非常灯さえ点灯されない……モンカは長い暗黒期にここへきたのだった。この時期は居住ブロック間の通廊もシャフトも無人になる。

　それでも問題なく通行できた。モンカはつねに感覚器官の鍛錬に重きをおいてきた。それがいま役にたった。装備なしでやっていかねばならないから。

ディルングを殺した犯人が、四日のあいだ調整官のスーツを着用してうろついた足どりは、調整官のオフィスで確認した。多くの時間をすごした場所もわかっている。

　それはちっぽけな部屋だった。死のゾーン、つまり、この冬景色でもっとも寒い場所にいたるハッチ横のブロックにある。この不恰好な建物に登録されているのは、九名の下層民のみ。七名の単身者と、ひと組の夫婦だ。

　モンカはこの夫婦に注目した。二名ともが、かつては恵まれた地位にあった市民だった。ところが子供の申請を却下されたとき、妻のほうが反逆的な傾向をしめしたために、格下げされたのだ。

　こうしてモンカは、なにが起きたかを知ったのである。

オフィスのコンピュータで本名が記載された登録証を発行し、ニムとクルデが暮らす部屋の左隣りにある、この空室に入居した。

　モンカは音響計測機と熱探知機で隣りを探った。だが壁ごしに物音は聞こえてこない。

隣人の鼓動も体熱も検出されない。

　夫婦は自分たちの穴ぐらに遮蔽をほどこしたのだ。かぎまわる者から身を守るために。夫婦のどちらかが家を出るまで待つしかなかった。大股で重々しい足音から、夫のほうとわかる。モンカは追跡を開始。だが、死のトンネルにいたるハッチのそばでシュプールを見失う。死のゾーンを探しまわったが、クルデの残留熱フィールドも、買いだめしたもののかくし場の手がかりも、発見できなかった。

　こうして確信する。クルデとニムはきわめて慎重で、食糧やほかのものを自宅に保管しているはずはない。クルデが死のゾーンに向かう理由は、自分たちや子供の食糧を持ちだすため、それ以外には考えられなかった。

　モンカが部屋にもどると、来訪者が待ちうけていた。

　クルデである。

「新しいお隣りさんに挨拶をしたかったんです」と、クルデはいった。それから自分と妻の名を告げ、だしぬけに訊いた。「なぜわたしのあとをつけていたんですか？」

「わたしもお隣りさんが気になっていましてね」モンカは応じる。「音も気配もない。まるで、だれもいないかのようですから。好奇心がうずきますよ」

「うちにきて、訊いてみればよかったんじゃないですか」クルデがいう。その不信感は身をもって感じられるかのようだ。クルデは不安や疑念がないまぜになったときにのみ分泌腺が出す、汗のようなものを発している。

モンカは腹蔵のない顔をして説明した。宿敵に虚偽の密告をされて、格下げされたのだと。最低な男をよそおった。クルデの人生を破壊するときがきても、落胆させないように。時間を節約すべく、ただちに襲いかかってもよかった。だが、自分が破滅させようとしている者を、もっと知りたいと思っていた。

クルデはひどい身なりではない。まだ市民の誇りをたもっている。

「とはいえ、また昇級しますよ」モンカは自信満々に、「ひとつかふたつ獲物をしとめれば、市民世界にもどれるでしょう」

「殺害者の経験が?」クルデがたずねる。

「どんなことにも一回めというのはあるものですよ。だが、それほどむずかしくはないはずだ」モンカはこともなげにいった。クルデが安堵の息をつく。経験があると思ったにちがいない。モンカは愉快な気分になった。クルデの誤解のおかげで、この芝居はますますおもしろくなっている。

「ちょっとした財産がありましてね。嗜好品のボーナスというか、そういうものです」モンカはいう。「どうですか、わたしが冬景色に格下げされた祝いの席に、ご夫婦でおつきあいいただく、というのは? おごりますよ」

「独り身ではないと、なぜわかったのです?」クルデが疑わしげにたずねる。

「わたしがどこからきたのか、お忘れのようだ」わざとらしくモンカは応じた。「そのような人脈はあるものですよ。新しいご近所さんを選ぼうと思えばね。あなたとあなたの湯たんぽは、まったく悪くないと思えました。なんといっても、あなたがたも世界の中心のそばにいたのですから」

　愛する妻をモンカに〝湯たんぽ〟と呼ばれ、クルデは怒りの汗をもらした。だが、気をとりなおす。

「ニムはぐあいがよくないのです。いっしょには行けないと思います。でも、わたしはよろこんでお招きにあずかりますよ。いつにしますか？」

「この暗黒期の終わりに」と、モンカは応じた。「それでよろしいかな？　まだ暗闇に慣れていないもので」

「わかりました」クルデは自宅のドアに向かった。「迎えにきます」

　モンカは増強装置のついた音響計測機をひっぱりだした。集音器をドアにあてる。装置は七つの音をひろった。表示によれば、みじかく二回、間をおいて三回、さらにもう二回。

　つまりこれが、ノックの合図なのだ。

＊

クルデに連れていかれたのは、きたない店だった。とはいえこの子供泥棒はうけあったのだ。ここならば、〝二十回以上も浄化されたわけではない〟冬景色でいちばんきれいな水が飲めるのだと。

実際に、クルデは水だけをそのまま飲んでいた。モンカはそれらしいものを飲むようにと、説得することはできなかった。

「ばかばかしいとは思うのですが、生きることに執着しているんです」クルデは饒舌《じょうぜつ》だった。かわいた口を水でしめらせ、「だからこんなに健康なんですよ。はめをはずさず、麻薬もやらず、違反もしない。みじめな人生でも、最後の瞬間まで味わおうと思っています。調整官に会うのは、人生の時計がとまってからにしたいですね」

話しながらも、手からコップははなさない。これでは自白剤をコップに入れられないではないか。やがてしびれを切らし、実力行使に出る。

クルデがコップを口に運び、唇をすぼめようとしたそのとき、モンカは顎をつかみ、強く握って口を開けさせた。そこに錠剤を押しこむと、コップの中身を流しこんで口を閉じる。

クルデは吐きだそうとした。鼻から水を吹こうとするが、すこししか出せず、苦い錠剤は飲みこむしかなかった。

ほかの客は、この出来ごとを気にとめていない。煙が切れそうなほど充満し、隣りのテーブルさえ見えないのだ。

「それではクルデ。正直に話しあおうか」モンカはいった。「事実をいってくれるか？」

だが、子供泥棒は答えなかった。痙攣《けいれん》したようにからだを震わし、咳《せ》きこみ、喉を詰まらせている。腕をからだにまわし、痛みに顔をゆがめていた。

モンカがはじめて見る状態だった。これまでつねに、自白剤は効果をあげてきた。クルデはなにもごまかしていない。芝居などできるはずがなかった。ほんとうに苦しんでいる。この現象の理由はひとつしかない。クルデはきわめて健康的に暮らしてきたために、薬に過剰反応しているのだ。

「おい、死ぬんじゃないぞ」と、モンカ。「まだ貸しがあるからな」

クルデの鼓動は早鐘を打ち、息も絶え絶えだった。ひくつく唇から泡が出ている。だが、吐くことはできずにいた。

モンカは軽蔑をこめてそのようすを眺めていた。やがていう。

「いまは無理だな」

立ちあがり、クルデをのこして店を出る。

二、三の赤い非常灯がついた寒い冬景色は、暗黒期よりも陰鬱な光景を呈《てい》していた。暗ければ、ぼろぼろの装置やリサイクルにもまわせない廃棄物は目に入らない。ここはショアクの孵化にうってつけの場所だった。あの六十センチメートルほどの草履のような雑食動物は、市民世界でも見かけることがある。

　モンカは最近閲覧した統計を思いだした。それによれば、この世界に登録されている二千六百八十名ほどの住民のうち、十名に一名が不可視者なのだという。だが裏の数字では、その倍はいる。そしてどの住民にも、最低十四の寄生動物がいるのだ。この有害生物のコントロールはできていない。このような生物は、地下に生きる者たちが、はなはだしくはペットとして飼い、食糧にしているためだ。

　この生物が突然変異を起こして病気を媒介しても、不思議ではない。いつか、すべての命を奪い去る疫病をも発生させるかもしれない。

　モンカはおのれの住む建物に着いた。外階段で自室の階にあがり、音もなくクルデとニムの部屋のドアにしのびよる。息をとめてブラスターの安全装置をはずし、クルデがしていたノックの合図をした。

　なにかが動く気配はない。ふたたびノックの合図。やはり反応はなかった。まちがえたのだろうか。ニムは子供を連れて秘密の出口から逃げたのか？

　それ以上は迷わず、モンカは体当たりしてドアを破った。寒い小部屋は無人だ。体熱源も鼓動の音も察知できない。ざっと調べても、奇妙な点は見あたらなかった。秘密の出口もない。

ここに子供はいないのだ！　二名はどこかのかくれ場に子供を連れていき、交代で世話をしている。クルデがモンカと飲みに行っているあいだに、妻が子供のもとへ行ったのだ。かくれ場は死のゾーンのどこかにあるにちがいない。二名の家に近すぎず、だが、遠すぎもしない場所に。クルデのシュプールを見失ったあたりのどこかだ。

　モンカは激怒していた。借りを返してもらわねばならない。

　部屋を飛びだし、死のゾーンのハッチに向かう。

　そこでクルデを目にした。最上段にとりつけられた通路を、悲惨な状態を押して、身をひきずるように壁に向かって歩いている。何度か倒れ、息を切らして横たわる。喘鳴《ぜんめい》が下のモンカまで聞こえる。

「しっかりしろ」調整官はささやいた。いまや完全に狩人である。「目的地に着いてもらうぞ」

　クルデは奮起して立ちあがった。通りぬけられないように見える扉に近づき、四つん這いではね戸をくぐる。つまり、あれだ！

　標的が秘密の開口部に消えるやいなや、モンカは柵をのぼり、クルデが姿を消した場所に到達した。ヒントがなければ、はね戸はわからなかっただろう。そのあたりを手探りし、壁の一部を長方形に開くメカニズムを発見する。

　モンカは闇を這っていった。だが、油断していた。それをすぐに思い知らされる。物音が聞こえ、くさい熱い息が顔にかかる。かたいものが肩に当たり、武器をとり落とした直後、骨張ったからだがのしかかってきた。だがクルデはすっかり弱り、互角に争うことはできなかった。モンカはクルデを投げおとし、正確な突きで気を失わせる。

　奥から驚いた子供の泣き声が響いた。あやそうとする女の声も。

　モンカは慎重に音源へと近づいていく。低い天井に頭をぶつけぬよう、低く身をかがめなければならなかった。二十歩ほどで遮蔽素材のカーテンにいたり、銃で押しのける。

　カーテンの奥には、充分に照明された正方形の空間があった。保温具が心地よい熱をはなっている。ちいさな子供を腕に抱いて揺らしながら、底知れぬ憎悪をこめてモンカを見るその女は、べつの時代ならば美しいといえただろう。その顔に嘆き悲しみがあらわれていなかったならば。

「わたしたちのうち、一名か二名だけを罰するというわけにはいきませんよ」女は打ちひしがれた声でいった。「三名ともを殺しなさい」

「クルデは死んでいない。まだ」と、モンカは応じた。「あいつはしぶとい男だ。だが、これからどう料理するかは、おまえしだいだ」

「わたしたちは、あなたといっしょには行きません」ニムは氷のように決然と、「わたしたち三名のうち、一名たりとも、生きてあなたとともに行くことはありません。わたしたちは一体なのです。いっしょにここへのこります。死のキスは練習してきました」

女は子供の顔におおいかぶさり、唇をすぼめて子の口をおおった。大きな目でモンカを見ながら。

調整官になってはじめて、モンカはなすすべもない状況におかれていた。

わからなかった。どのような決断を、くだすべきなのか。

4

《ペルセウス》は船内時間五月十七日の十四時に銀河系船団をはなれた。

カレンダーの年号は、六百九十五年進めた一一四三年になっている。ただし、六百九十五年前に採用されていた新銀河暦の一一四三年である。とはいえ、現在の銀河系でどのような暦が使われているのか、だれにわかるというのだろうか？

それについて、またそれ以上のことがポイント・シラグサでわかるように、願っていた。あるいはせめて、推測の手がかりが得られるようにと。

ポイント・シラグサは、サトラングのある球状星団M－30から二十九万五千光年の距離にあった。従来の銀河間航路からは遠くはなれている。ソル星系からは三十二万四千光年。だが、こうした説明にどのような意味があるというのだろうか。銀河系は通過できない繭《まゆ》でつつまれているというのに。

地球はまだ存在しているのか……〝人間〟が住む地球は？

これは立てぬほうがいい問いのひとつであった。それでも、この問いに苦しめられているのはジュリアン・ティフラーだけではなかった。

「ほんとうなんですか、イル・シラグサと会ったことがあるっていうのは、ティフ？」

ティフラーの副官、ボルダー・ダーンがたずねる。テラナーとして登録されているが、生まれたのは小銀河ＮＧＣ６８２２のハンザ商館である。はじめて地球に足を踏み入れたのは、三十一歳のとき。ソト＝ティグ・イアンが銀河系の支配を開始した時代に、ダーンはティフラーひきいる有機的独立グループにくわわった。だが、ティフラーと会うことはなく、アトランの遠征隊がタルカン宇宙へと出発したさいに、はじめて《ペルセウス》で知りあったのである。

ダーンはＮＧＺ四〇〇年生まれで、生物学的年齢は四十八歳。とはいえ、ほかの者と同じく、六百九十五年を加算しなければならない。みごとな肥満体で、ふっくらした赤ら顔をしている。ちいさな口に大きな前歯、髪は真っ赤で縮れていた。

「いやな女だったっていうのは、ほんとなんですか？」ダーンがふたたびたずねる。

「ニアとわたしは、しばらくのあいだ彼女とともに活動していた」と、ティフラーは応じた。「いい仲間だったとも。いやな顔を見せたのは、知ったかぶりをする者に対してだけだったな。イル自身は非常に知的だったが、ひけらかしはしなかった。ポイント・シラグサは彼女のアイデアで建設されたのだ」

「じつに野心的なプロジェクトですね」設計図を表示させてダーンは賞讃した。八基の研究ステーションの三次元ホログラムが指揮テーブルの上方に浮いている。

研究ステーションは円盤型で、いずれも直径千八百メートル、中央部の高さは三百メートルである。透視モードでは最大五十四階層が見てとれ、斜路や反重力シャフトでつながっている。

ステーションの名称は、シラⅠからシラⅧ。

稼働はNGZ四三五年。当時は旺盛な研究活動をしていた。四四〇年ごろにはどのステーションも五百名の要員をかかえ、ポイント・シラグサから安全な距離をおいて周回していた。

ポイント・シラグサは、恒星ソルの六十七倍の質量を持つブラックホールである。

「イルは伝説になっていますよ」ダーンはつづけた。この男の短所は、口数が多いこと、そしてほかの者がよけいな話をする気分ではないときに、それと気がつかないことである。「限度を知らない、野心的な科学者の化身だ」

「そうだな。昔は黒い死神がくるぞとちいさい子供を脅したものだが、イルの世代にとっては黒い穴、つまりブラックホールが恐い妖怪になっていたのだ」ティフラーはがまん強くいった。イル・シラグサの運命についてはさまざまな説があるが、すべて宙航士のつくり話だった。純然たる事実をまとめると、味気ないものになる。イル・シラグサは観測中にブラックホールの重力渦に近づきすぎ、のみこまれてしまった。ブラックホールの事象の地平線の向こうに姿を消して、そのままになっている。

「わりとたしかな情報源から聞いたんですが、そうなるのを望んでいたそうですよ」と、ダーン。「イルは、あのタイプのブラックホールがアインシュタイン＝ローゼン橋、つまりワームホールになりうるかどうか、ためそうとしていたんです。その効果を利用して、ブラックホールは移動手段として使えると証明したかったんですね。で、それを実行して、理論を実地に証明した。わざとそんなことをしたんだと思いますか、ティフ？」

「イルは、その理論の証明をわれわれの宿題としてのこしたのだろう。消えてしまったのだから」ティフラーはそっけなく応じた。

　かれらは二十四時間近い単調なメタグラヴ航行の途上にあった。だがティフラーは、退屈だからとでたらめな話をして時間をつぶすつもりはなかった。しかし、ボルダー・ダーンはそうではないらしい。

「でも、信憑《しんぴょう》性はあると思いませんか？」同意をもとめてダーンがたずねる。「イル・シラグサは、あのブラックホールを大昔から移動手段に使っていた未知生物に拉致《らち》されたのだ、そんな説だけは、ありえないと思っていますがね。どうなんでしょう、ティフ。こんな主張の証拠は見つかったんでしょうか？」

「まったくのナンセンスだ」

「そうですよ」ダーンはうなずいて、ブラックホールを周回する八基の円盤型ステーションのホログラムに目をやった。ついで、横からしげしげとティフラーを見る。まだ満足していないようだ。

「もしかしたら、ソト＝ティグ・イアン、だからスティギアンが裏で糸をひいていたかもしれませんね？」と、ようすをうかがいながらたずねる。

「裏でなんだと？」ティフラーはなんの気なしにたずねて、すぐに後悔した。

「イルの拉致、死の裏で、ですよ。姿を消したことをなんと呼ぶにしても」と、ダーン。「スティギアンはこの秘密プロジェクトを聞きつけて、策をとったのかもしれませんよ。なにしろこのプロジェクトの裏には、スティギアンの保安措置を回避すべく、ポイント・シラグサを経由して銀河系にいたる道を見つけようというアイデアがあったんですから。そうですよね？」

「そうだな」ティフラーは同意した。もうたくさんだ。この話題にはうんざりだとダーンが気づけないのなら、逃げだすしかあるまい。そこで事務的にいう。「ここはまかせたぞ、ボルダー。ほかに用事があるのだ」

＊

ティフラーが食堂に行くと、すでにニア・セレグリスがきていた。彼女とともにいるのは、探知チーフのヴァンダ・タグリアと、船医でアラスの医師、ほかのみなには〝バーダー〟とのみ呼ばれているマーボング、そして二名のミュータント、ラス・ツバイとフェルマー・ロイドである。

タグリアは中肉中背、地味な外見をしている。だが健全な機知をそなえていた。いまその才能を発揮したのだろう。全員が腹をかかえて笑っていた。マーボングをのぞいて。

「おもしろくなどない」と、アラスがいう。ティフラーはその輪にくわわり、代替コーヒーをカップに注《そそ》いだ。マーボングがティフラーに軽くうなずきかけて、「ジュリアンなら、わたしが正しいといってくれるはずだ」

「いま、ボルダーにきみが正しいといいつづけてきたところでね。もうたくさんなのだ」と、ティフラー。「だからもう、わたしの手をわずらわせないでほしい」

「ボルダーは問題をかかえておりますな」アラスの医師は確信をこめて胸声を響かせた。「ＮＧＣ６８２２にのこしてきた家族は、両親は、妹はどうなったのかという思いに苦しめられている。それを抑圧し、過剰補償しているということ。ＮＧＣ６８２２に調べにいくチャンスがあれば、すぐに飛びつくでしょう」

ティフラーは首を横に振ったのみ。ツバイがいう。

「未知の過去の克服は、だれもがかかえている問題だ。ひとりひとりの運命すべてに立ち入ることはできない」

マーボングのアームバンド装置が甲高《かんだか》い音をたてた。アラスは音を切って立ちあがる。

「仕事にもどらなければ。だがひとつ、いわせていただく。手遅れになる前に〝失われた時間症候群〟に対処しなければ、この船団はじきに不安障害の患者だらけになってしまうだろう」

だれも返事ができないうちに、アラスはテーブルをはなれていった。

「もしバーダーのいうとおりになれば、われわれ全員が隔離されてしまいますな」と、たっぷりしたバスの声が虚空からのように響いた。ティフラーはそこではじめて、話し手がタグリアの横でなかば空になったフルーツサラダの深皿によりかかっていることに気がついた。ゴラー・〝スプライト〟・アマリム、格納庫チーフのシガ星人である。そのかれが、非難がましくティフラーにいう。「すぐに気がつかなかったわけではない、そのようなふりをすることはありませんよ、ジュリアン。なんの問題もないのだから。シガ星人は劣等感などとは無縁なのだ」

「きみはそうだろうな、スプライト」ティフラーは笑みを浮かべて、「きみに雑談をする時間があったとは、と驚いただけだ」

ジュリアン・ティフラーは出発前、搭載艇チームに出撃態勢をとるよう命じていた。緊急事態にそなえた訓練には作業療法以上の意味があった。ポイント・シラグサでなにが待ちうけているのか、わからないのだ。いずれにせよ、格納庫チーフのゴラー・アマリムには、部下とともになすべきことが山ほどあるはずだった。

「一回めの気の抜けた訓練は終わらせましたよ」身長十一センチメートルのシガ星人はいった。よく見れば、グリーンの顔を否定的にゆがめているとわかる。「失望でしたね。乗員を鍛えろと、搭載艇の艇長たちに一時間やったんですよ。もう時間だ。次のリハーサルはいっしょに見てみませんか。どれほどすばらしいメンバーがそろっているか、よくわかりますよ」

「もう艇長にまかせているのだろう、スプライト」ティフラーは泰然と応じた。「わたしがいれば、緊張させるだけだ」

「ま、あまりうぬぼれないことですな」と、シガ星人は応じて、飛翔装置をオンにすると巨大な蚊のように飛び去った。

「わたしもそろそろ時間です」プロフォス人の探知チーフがいい、皿を押しやる。「エデンの園のふやけたドライフルーツなんて、食べる気にはなれませんしね。ひどい味なんですから。最悪の敵にだって出しませんよ」

「彼女のことは好きなのだが」ヴァンダ・タグリアが行ってしまうと、フェルマー・ロイドがいった。「ミュータントや細胞活性装置保持者が勢ぞろいすると、おちつかないようだ」

「ヴァンダとふたりきりになりたいなら、約束をとりつけたほうがいいと思いますよ」

ニアが皮肉をこめて、「それとも彼女の思考を読んで、そんなつもりはないとわかったんですか？」

　しばし雑談に興じていたが、やがて深刻な話題にうつる。

「ポイント・シラグサに航行するせいで、イルの古い話が復活していますよ」と、ラス・ツバイ。「乗員の話題はそればかりだ」

「ボルダーがすこし味見をさせてくれたよ」ティフラーが応じる。「だが、到着すればそんな騒ぎもおさまるだろう」

「つまり、このミッションではなにも見つからないと？」フェルマー・ロイドが驚いて、

「ではなぜ、この航行を断らなかったのです？」

「ポイント・シラグサで銀河系の謎が解けるとは思っていないだけだ」と、ティフラー。

「かんたんすぎるだろう。未知の権力者が秘密保持に注力しているのであれば、あらゆるシュプールを消しているはずだ。だが正直にいえば、イルの運命の手がかりが見つかればと、期待してはいる」

　ラス・ツバイとフェルマー・ロイドは、イル・シラグサと会ったことはない。二名は当時、ペリー・ローダンらとともにエスタルトゥの力の集合体にいたからだ。銀河系の出来ごとは、四千万光年の彼方から聞いていたにすぎない。イルが存命中から、指導的人物のあいだでどれほど伝説的な名声を得ていたのか、知ることはできなかった。劇的

に姿を消したのち、彼女はひろく崇拝される人物となっていたのである。

「ブラックホールに突入して、生きのびたとは思っていないのでしょう」と、フェルマー・ロイド。

「きみは思考が読めるのか？」ティフラーはからかい、まじめな顔にもどる。「希望的観測、というところだな。それにイルのことだ。なにも驚かないとも。とにかく、きみにはシラ・ステーションでよく耳をすましてみてもらいたい、フェルマー」

「まずは待ってみましょう。なにを目にすることになるのか」と、ロイドは応じる。

「すこし休んできます。リフレッシュして出られるように」

ツバイも同行する。ティフラーとニアのふたりきりになると、ニアがいった。

「イルミナのことが心配なの」

「だからずっと黙りがちだったのかい？」

「あなたとその話がしたくて……ふたりだけで」

「イルミナがどうしたんだ？」

「ようすがおかしいの」

「なにも気がつかなかったが」

「もしかしたら、ほかの人の前ではごまかしているのかもしれない」と、ニアがいう。

「わたしにだけ、あんなことをしてみせたのではないかしら。心配なのよ」

「話してくれ」

「あなたが《シマロン》での会議に出ているあいだに、イルミナのキャビンに行って……」

　メタバイオ変換能力者は、ニア・セレグリスを親しげな微笑で迎えた。だが同時に、どこかぼんやりとしている。

「いまどこにいるんですか、イルミナ？」ニアがたずねる。

「考えこんでいたの。いいえ、これはふさわしい表現ではないわ。どちらかといえば、わたしの自我の探究。わたしのからだと精神と」イルミナ・コチストワは応じた。ニアを見ながら。だが、彼女を透かして遠くを見ている。

「わたしのなかを見ているんですか？」居心地が悪くなって、ニアはたずねた。イルミナは自分の内奥まで見ることができる、そう思うと不安になった。マイクロ生物学的な視点から、細胞を次々に評価して、グループごとにわけ、分類できるのだ。

「あなたはまだ、うらやましほど若いわ」イルミナはいった。その声に悲しみが混じる。「それでも、あっというまにティフをおいていってしまう。あなたは老いていくけれど、かれはそうではない」

「その問題は、もう整理できています」と、ニア。

するとイルミナは奇妙なことをした。ニアが不安になり、メタバイオ変換能力者のことが心配になるようなことを。イルミナは頸に手をのばし、鎖にさがった細胞活性装置をコンビネーションからひきだした。ニアがなにが起きたかわからないでいるうちに、イルミナは細胞活性装置を彼女の頸にかけていた。

「よく似あうわ」と、イルミナはいった。

ニアはさらに居心地が悪くなった。メタバイオ変換能力者の生物学的な年齢は六百二十三歳。わずかな時間でも細胞活性装置の再生力からはなれることが、メタボリズムにどのような影響をあたえるのか、ニアにはわからなかった。そのいっぽうで、イルミナには自分の年齢に触れてほしくはないと思っていた。

イルミナはニアの懸念に気がついて、ちがうと手を振った。

「大丈夫よ。わたしがあとどれくらいこのペンダントをつけているのか、だれにもわからないし……」

それでもニアは急いで細胞活性装置をイルミナに返した。その状況から逃げだせたときには、ほっとしていた。

「イルミナのふるまいの解釈を、まちがえているのではないのかな」ニアが話し終えると、ティフラーはいった。その出来ごとを大げさに話す理由がわからないのだ。

「でも、イルミナは本気だったのかもしれないでしょう」ニアが不安を口にする。「細胞活性装置に……それから不死に、嫌気がさしている、って？　だから心配なの、ティフ」

「マーボングにまかせるべきケースのような気がするがね」と、ティフラーは応じた。だが、ニアの不満げな表情に目をとめて、急いでつけくわえる。「オッケイ、わかった。イルミナには注意しておくよ」

とはいえ、メタバイオ変換能力者が人生に嫌気がさしているなど、考えただけでも笑ってしまいそうだった。

*

《ペルセウス》が目標宙域に到達する前、超光速航行が終了する直前に、ティフラーは司令室にもどった。五月十八日の午後になったばかりで、ボルダー・ダーンはまだ持ち場についていた。ほかの者も配置についている。これまでの経験から、あらゆるトラブルが予想されるため、ティフラーは火器管制センターにも要員を入らせていた。エルトルス人のチャート・〝Tボーン〟・コルナムが、シントロニクスに砲台のチェックをさせているところである。

ヴァンダ・タグリアがティフラーに目くばせをして、首の動きで指揮官代理のほうを

しめす。ダーンはそれに気がついて、

「まあ、いいじゃないですか。すっかり興奮してしまって、イルの偉業を見るのが待ちきれないんですよ。どう思いますか、ティフ。シラ・ステーションにはまだ人員がいるんでしょうか？」

「それを望むべきなのかどうか、わからないな」と、ティフラーは応じる。「テラナーには……いや、とにかくギャラクティカーには会えないだろう。したがって、友情のこもった歓迎とはいくまい」

「超光速フェーズの終了は、五分後です」シントロニクスが告げる。

「チャートのほうは、準備完了ですよ」ダーンが報告した。「だが、シラ・ステーションの集中砲火をくらったら、どうにもならんでしょう。チーフの思いちがいであるように祈りますよ。砲撃はお断りだ。そもそもなぜ、あそこが敵に占領されているなんて考えたんです？」

ティフラーは、そのようなことはひとこともいっていない。

「ボルダー、いずれにせよ六百九十五年が経過しているのだ」と、嘆息して、「そのあいだに多くのことが起きた可能性がある。とにかく待とう。ほんの数分だ」

だが、ダーンはそれほどの忍耐を持ちあわせていなかった。

「あのステーションのどこかに、まだイルの秘密の記録がかくされていると思いますか？」ダーンがたずねる。「ですから、姿を消す前に知られていたよりも、はるかに研究が進んでいたかもしれないじゃないですか」

「いや、その推測にはなんの根拠もない」ティフラーは応じて、頭のなかで超光速フェーズが終了するまでの秒数を数えた。終わってしまえば、ダーンにも用事ができて、想像の翼をたたむしかなくなるはずだ。「イルが姿を消したのち、われわれ、すべての記録装置のデータをひきだし、なにもかもをひっくりかえしたのだ。だが、なにも見つからなかった。秘密の研究成果など存在しなかった」

「信じませんよ」ダーンは確信していた。「わたしがいままで聞いたありったけの話によれば、イルはすごい策略家だ。知らせてもいいと思ったことだけをほかの者に明かすトリックをしかけていたにちがいありません。わたしはシントロニクスにはくわしいから、だれが相手であろうとアウトプットしないように、データをインプットする方法だって知っていますよ。主シントロニクスに個人的な日記を保存しておくこともできるんですから。チーフや……ほかのだれにも見つからないように。賭けますか、ティフ？」

「あと一分で超光速フェーズは終了します」と、シントロニクスが報告。

もうすぐ終わる。この瞬間、ティフラーは誓った。フェニックス＝1への帰還のさいには、べつの者を副指揮官にすると。

「お願いをひとつ、聞いてもらえますか、ティフ？」ダーンがもとめる。

〝きみが黙るなら、なんだって聞くとも！〟そうティフラーは考えたが、口に出しては、

「いってみろ！」

「突入コマンドのひとつを指揮したいのです」と、ダーン。「ご存じでしょう。いままでこんな出すぎたまねをしたことはありません。しかし、コマンドをひとつまかせてください。保証しますよ、イルの秘密の記録を見つけてみせます。アインシュタイン＝ローゼン橋をこじ開けてみせますよ」

「わたしが行く。きみは《ペルセウス》で持ち場を守れ」そうティフラーは応じた。同時に、シントロニクスが超光速フェーズの終わりを告げる。

5

ヴィンは、おのれがひきいる戦隊とともに、瓦礫《がれき》の側翼へと居をうつしていた。

むろん、ここのほうが危険ではある。この世界の破損個所には弱いところがいくつもあった。考えなしに動いたせいで穴が開き、真空に連れ去られかねないのだ。そうなれば、その者の人生が即座に終わるだけでなく、戦隊全体が危険にさらされることになる。

昔は、重力調整装置を知る技術者がこの世界にいて、瓦礫となった側翼が無重力状態だった時代には、破損個所もあまり危険ではなかった。

だが、身内から裏切り者があらわれた。自由民が無重力状態でいかに快適にすごしているのか、さらに、重力がないと寿命がのびるらしいなどといったことを、イルに吹きこんだのだ。

そこでイルは……むろん現在統治しているイルとは別人であるが、この世界を辺縁部まで重力下においた。そして、みずからやほかの選ばれし者のために、故郷の特定領域を無重力にたもったのだ。

純然たるエネルギーの浪費である。ヴィンに訊けばよかったのだ。とはいえ、だれが権利のない者の言葉に耳をかたむけたりするだろうか。

ヴィンは願っていた。戦隊とともに、あたたかく危険のない船首の区域へと早くもどれるように。だが、あそこは最近、外縁部のどこよりも不穏になっていた。イルがまだ廃棄されていない最後のロボット部隊に命じて、かれらの掃討をさせたからだ。二度とふたたびあらわれぬように。

しかし、自由民とかれらの飼うショアクは、ロボットの裏をかいた。破壊兵器に同等の武器をもって応じることはできなかったが、そのかわりに頭を使った。ヴィンの戦隊のほぼ全員が、万物の母のお気にいりのだれをもしのぐ知性の持ち主だったのだ。ただ、イルはその事実を知らなかった。それでよかったのである。さらにイルの知らないことがある。それは、この世界の真の支配者が外縁部で生きていること、そしてまもなく、かれらがヴィンの指揮のもとで蜂起し、支配者の座を奪うであろうことだ。

そうなれば、エネルギーの乱用は終わりだ。食糧や、生命維持に必要なほかの物資の浪費も。

それがヴィンの目的だった。そのために組織的に準備を進めてきた。すべての自由民がついている。

だがいま、ヴィンには解決すべきべつの問題があった。この世界の存亡にくらべれば、たいしたことではない。だが、無視できるほどささいでもなかった。あらゆる困難に立ち向かうこと、なにからも逃げないことは、かれの第一原則である。そうやって、これまで成功をおさめてきたのだ。

その問題とは、自由民に保護をもとめてきた避難民である。

それ自体はめずらしいことではない。内部世界で腹いっぱい食べている住民たちは、つねに気にいらぬ市民に不可視者の烙印《らくいん》を押し、寒い外の区域に送る理由を考えつくのだから……すぐに殺さぬ場合には。

しかし、この三名、いや正確には四名の避難民には、すこしちがう事情があった。二名は子供を盗んだ冬景色の住民。この女、男、そして子供は、いつなりとヴィンの戦隊に受け入れてよかろう。これについては長考するまでもない。

だが四人めは、リーダーであると同時に調整官でもある。すくなくとも本人はそうだと主張している。調整官は自由民の仇敵《きゅうてき》で、隣りあわせに暮らす真空よりも恐れられていた。

それは、見張り番に捕らえられた完全装備の調整官だった。いや真相は、ヴィンの見張り番を襲い、次のメッセージを伝えさせた調整官である。

「おまえの首領に伝えろ。わたしが三名の避難民とともに戦隊にくわわりたがっていると。われわれは罪もなく秩序ある世界を追われ、死のゾーンに逃げこむよう強いられた。

われわれ、生きのびるために戦わずにすむこと、そして、保護をもとめている。わたしの話は、おまえのちいさい脳にたたきこめたか？　伝言はおぼえたのか？」

だが、見張り番のラウは頭が切れず、おぼえることができなかった。そこでヴィンは調整官の待つ場所に向かい、メッセージをくりかえさせたのである。安全な距離をたもち、話しあった。そのさい、よく調教された三匹のショアクを連れていった。調整官の熱や音響のセンサーがとらえた結果を攪乱《かくらん》する生物である。

ヴィンはさらに、戦隊の隊長だとは明かさなかった。罠であった場合に、危険を避けるためだ。ただの追従者《ついじゅう》ならば、調整官はいつなりと捕らえられる。だが、自由民のリーダーとなると、かんたんにはいかないからだ。

ヴィンはくわしく説明させた。この調整官が保護している者は、子供への愛、それだけのために罪をおかしたのだという。

「それでおまえは、情にほだされて味方になったというのか？」金属がフリンジ状に裂け、調整官の頭上高くにかかっている。そのかげから出ていきながら、ヴィンはたずねた。

「あの二名のためだけだと主張すれば、嘘になるな」調整官は率直に話した。「まず第一に、わたしは自分の身を守らなければならない。わたしはある陰謀に巻きこまれて、死のゾーンに逃げこむしかなかった。それはこの子供のせいだ。特別な出自の子供なのだ。おまえの戦隊の首領に伝えてくれ」

「その子供のために命を狙われているというのか？」ヴィンは信じられずにたずねた。

「その子供のなにが特別なのだ？」

「これ以上は首領だけに話す」と、調整官。「しかし、これ以上は使い走りを送ってこないように伝えてくれ。時間がない。われわれ、もどることはできない。もどるくらいなら、死を賭《と》して戦うだろう」

問題はこれだ。この調整官は信用できるのか？

結論を出す前に、調整官をためすと決めた。ヴィンはショアクをはらいのけ、副官ジョインを敵のもとに行かせた。

「わたしだ、おまえがもとめている者は」ジョインは調整官の前に立ち、いった。「次はおまえが素性を明らかにせよ」

調整官はヘルメットをはずし、ブラスターとともにジョインにさしだした。

「わたしはモンカ。三名の調整官のひとりだ。おまえたちのもとで生きていきたいと思っている」

*

ヴィンが驚いたのは、第一に、調整官が三名だけのはずはないと考えたからだ。そして第二に、盗まれた子供が、万物の母にもっとも近い血筋の系譜であったためだ。

「息子をわたせば、アンリナはただちにわたしを殺したはずだ」モンカは寝返った理由を説明した。「べつの場合でも、つまり息子の確保に失敗しても、結果は同じだっただろう。ニムがボマツに死のキスをしようとしたとき、はっきりとわかったのだ。いずれにせよ、わたしは死の候補者だった。あまりに多くを知りすぎたために、アンリナにとって生かしておくわけにはいかない者になったのだ」

ヴィンは熟考した。モンカはどれほど信用できるのか。

「この子供は強力な脅迫材料になるな」と、ヴィンは考えこみながら、「イルとアンリナを争わせるために利用できるだろう」

「どうやってあの二名に近づくつもりだ？」モンカがたずねる。「近づけるのは、調整官のわたしぐらいだ。だが、アンリナは警戒するはずだ」

「わたしにはべつの手段もある」ヴィンは主張した。

かれらは闇のなかですわっていた。死の間のすぐそばである。二名の見張りがシャフトを見張っていた。死体を真空に送りだすシャフトだ。だが、なにも出てこない。

「死体をどうしようというのだ？」モンカはぞっとしてたずねた。死体を喰う者の噂は聞いたことがある。だが、冷酷無比なかれでさえ、そのような話は信じられなかった。

「われわれ、死体を狙っているのではない」ヴィンは憤然と、「見張りは、追っ手がシャフトを通ってきたら知らせるためだ。過去にそのようなことがあったのだ。逆に、あのシャフトは内部世界への入口になる。わたしはいつも利用しているのだ。だが……」ヴィンはしばし間をおき、強い調子でつづけた。「……シャフトが死体の送出に使われることはない。わたしに思いだせるかぎり、そのようなことはなかった。苦難の時には、純然たる浪費にもなってしまうだろう」

「なにがいいたいのだ、ヴィン？」

「われら自由人はイルの種だけを食べているわけではない……それ以上はいいたくない。飢え死にしたほうがましだ」

　モンカは返事をしなかった。だが、にじむ汗から驚愕は伝わってしまう。

　ライトを消すようにいわれて、モンカは受け入れた。光のために戦隊の不安定な者が狂気におちいるのを防ぐためだ。戦隊の人数を知っているかとヴィンに問われて、モンカは人数を、ついで年齢分布を正確に答える。

「七十七名だ。うち十一名は子供、十二名は高齢死者。精神を損なった者は六名。ミュータントは十一名いる」

「十二名だ」ヴィンが訂正した。「わたしもミュータントだ。精神的な能力ということ。これはわたしの最強の武器だ。暗示者なのだよ。そばにいる者に、わたしが重要だと思うことすべてを信じさせることができる。選ばれし者ともいえよう。笑うでない。この能力があれば、市民世界に入れ、故郷にしのびこめさえするのだ。技術手段を投入されれば、正体を暴《あば》かれるだろうが」

「その能力を使えば、市民世界で贅沢に暮らせるはずだ」と、モンカ。

「ときおり訪れてはいる」ヴィンが応じる。「われらの歴史を知るために、うつし絵を見ている。過去から多くを学んだとも、モンカ。わたしは信じているのだ。いつか同族が見つけてくれて、真の故郷へと連れ帰ってくれると。その日のために、われわれは生きるべきなのだ」

ヴィンはみじかい間をおいた。

「内部世界に行き、まだ存在する技術も学んだ。したがって、わたしほど技術に通じている者はこの世界にはいないといえよう。あらゆる弊害を知っているし、それをとりのぞき、よりよい世界を築くことができる」

「ならばなぜ、このような悲惨な生活に甘んじている？」モンカがたずねる。「ほら吹きだとは思っていないが、それが口先だけでないのなら、上位者たちも味わっている特権をすべて手に入れられるはずだ」

「はっ。寄生虫のように生きることはない」ヴィンは軽蔑をこめて、「われら自由民のために、わたしはこの世界を征服するのだ」

ついにいった。ヴィンは期待をこめてモンカの反応を待つ。モンカは長いあいだためらっていたが、やがて口を開いた。

「あなたを信じよう。イルにかけて、あなたならできるだろう……わたしの協力のもとで」

「ならばわたしの部下になるか？」

「あらたな世界で第二位の地位につけるなら」

「よかろう」

6

《ペルセウス》は、ポイント・シラグサ、つまりブラックホールの中心から二十億キロメートルほどの距離で通常空間に復帰した。ただちに残留速度を三分の一に減速。無謀な航行ではない。最内部のシラ・ステーションは、ブラックホールから八千万キロメートル弱を周回しているのだ。

ポイント・シラグサは、銀経六十二・一四度。銀河系の銀河面と同一平面上にある。銀緯はマイナス三十七・八二度。緯度のマイナスは、この座標が赤道の下、南半球にあることをしめしている。この座標から、銀河系から見るとアンドロメダ銀河とＮＧＣ６８２２のあいだにくるとわかる。だが、地球からの距離は三十二万四千光年で、このブラックホールは右にあげた二銀河よりもはるかに近かった。

メタグラヴ・エンジンならば、一日の航行でこなせる。

このブラックホールはソルの六十七倍の質量を持つ。事象の地平線の半径は百九十八キロメートル弱。ひろい虚無空間にあるため、ひきこまれる物質がつくる降着円盤は存在しない。だからこそポイント・シラグサは研究に適していたのである。

イル・シラグサは当時、この事実をしつこく強調し、八基の大型ステーションについて、ホーマー・G・アダムスに〝うん〟といわせた。この研究プロジェクトの目的は、この種類のブラックホールをアインシュタイン＝ローゼン効果を利用した移動手段にできるかどうかを解明することであった。換言すれば、イル・シラグサは証明したかったのである。このブラックホールを経れば、任意の距離をこえられ、ホワイトホールで通常空間に出られることを。

むろん当時は、ブラックホール転送機は理想的だったにちがいない。とくにNGZ四三五年、ソト＝ティグ・イアンが銀河系を支配していた時代には、銀河系内部へとひそかに到達できる手段がもとめられていたはずだ。

ティフラーは緊張して探知結果を待った。

「第一探知」ヴァンダ・タグリアが報告。シントロニクスが次々に入れる通知を選別している。全容の見えぬデータの洪水が指揮テーブルにとどくのを防ぐためだ。「対象物までの距離は十五億キロメートル。ポイント・シラグサまでは五億キロメートルほど。シラⅣにまちがいありません」

シントロニクスが軌道周期六千百五十三時間、軌道速度百三十六・二キロメートル毎秒を映像キューブに入力。直後、探知した物体の拡大映像が表示された。図面で見たシラ・ステーションと同じ形状と規模の円盤で、直径は千八百メートル、中央部の厚みは三百メートルである。

シラⅣは損傷していないように見える。

「あそこだ！　見ろ！」にわかにボルダー・ダーンが叫ぶ。「あれは……すごい」

その円盤は自転していた。ゆっくりとまわり、それまでかくされていた〝背面〟があらわれる。この個所の外環には亀裂があった。いやそれ以上だ。外に向かって大きく破損している。その規模が徐々にあらわになる。

「でかい化け物が食いちぎったみたいに見えるな」と、ダーン。「長さ三百メートル、深さもそれぐらいありそうだ」

「シントロニクスの報告によれば、まだ見えていない損傷があります」と、ヴァンダ・タグリア。「さらに二基のステーションを探知しました。ポイント・シラグサから八千二百万キロメートルのシラⅢ、そして十七億二千万キロメートルのシラⅦです。ほかのステーションについては、シントロニクスは探知できていません」

「わたしがやろう」ティフラーが応じる。この状況では、探知チーフにデータを整理させても意味はなかろう。探知した三基のステーションがハイパーエネルギーを放出していないことを確認したのち、ティフラーはシントロニクスに命じた。「ハンザ・コードのコールプログラムを起動せよ」

「ハンザの認識プログラムを送信します」シントロニクスが同意し、すぐに報告する。「シラⅣからの反応はありません。そのかわりに詳細探知の結果が出ました。のこる五基のステーションがあるはずの座標には、瓦礫だけが浮遊しています」

「それで、のこるふたつの残存ステーションは？」と、ティフラー。

「同様に、呼びかけに対してなんの応答もありません」シントロニクスが報告する。「どちらも不規則な形状を呈し、比較的大規模な損傷を受けたものと思われます」

「ここでなにが起きたんでしょう？」ボルダー・ダーンがたずねる。考えをすべて口にする悪い癖は、相《あ》いかわらずである。「どうするつもりですか、ティフ？」

「計画は変更なしだ。ただし、三基の残存ステーションに集中する。きみは《ペルセウス》で持ち場を守れ、ボルダー」ティフラーはさらに、すでにセラン防護服を着用して出動準備をすませた二名のミュータントに向かって、「ラス、フェルマーとともにシラⅢへテレポーテーションを。わたしはスペース＝ジェットで二機のＨＵＳグライダーとともにシラⅣに向かう。のこる三機のＨＵＳグライダーは、シラⅦをたのむ。想定どおりに、つまり、生存者がいるものとして行動する。したがって応急処置の準備は万全にしておくように」

＊

高圧＝超重力グライダー、略してＨＵＳグライダーは、全長二十メートルほどの特殊飛行艇である。細長い楕円体で、本来は高重力惑星での使用が想定されている。だが高性能反重力エンジンを搭載し、自由空間での作戦にも適していた。ただ、超光速を出すことはできない。

最初に五機のＨＵＳグライダーがスタート。ティフラーの乗る三十五メートルのスペース＝ジェットがつづく。この機に同乗するのは、ニア・セレグリス、シガ星人のゴラー・〝スプライト〟・アマリム、さらに五名のチームである。十台の医療ロボットも搭載している。

スペース＝ジェットがシラⅣまで一万キロメートルの距離に接近し、減速しながら巨大な亀裂に向かっていたとき、二名のミュータントが通信で最初の報告をした。

「シラⅢのようすは、いいとはいえませんね」と、ラス・ツバイ。「外被には数十の亀裂が入っています。内部もすっかり荒れていますよ。重力もなく、真空ばかりだ」

「生存者もいませんよ」フェルマー・ロイドがいいそえる。「思考はひとつもとらえられません」

「司令センターにテレポーテーションします」ツバイがいう。「この荒廃の原因になった出来ごとの手がかりがあるかもしれません。ずいぶん昔のことでしょうが」

「実験室も見てくれ」ティフラーがたのむ。通信は切れた。

スペース＝ジェットはステーションの亀裂に入り、かつては反重力リフトであったシャフト近くの、曲がって裂けた支持体のあいだに停止した。ティフラーは、同じくシラⅣに向かっていた二機のＨＵＳグライダーと通信をつなぎ、ステーションの反対側に飛ぶよう指示を出す。

「三つのグループに分かれよう」と、ティフラーは決めた。「ニアとわたしは司令センターに向かう。スプライト、きみは数名とともに右へ行ってくれ。ほかの者は左のセクターへ。医療ロボットを同行させてかまわない。念のためだ。必要とあらば目的外使用も可とする。スペース＝ジェットに見張りをのこす必要はあるまい」

ティフラーはセランを閉じ、すでにエアロックに向かっていたニアにつづく。

「またしても、遅れてきてしまったようね」ニアがいう。開きかけた外側ハッチをすりぬけ、外へ浮遊しながら、「いつも手遅れになってから着くのが、わたしたちの運命のような気がするわ」

「具体的には、ほぼ七百年遅れて、だな」と、ティフラー。「それがわれわれの運命ということ。だが、まずは見てみよう。なにか有益な情報が見つかるかもしれない」

二機のＨＵＳグライダーの乗員から報告が入る。シラⅣに接舷し、ステーション内に入ったという。シラⅦに向かった三機のＨＵＳグライダーも目的地への到着を報告。通信周波をふさがぬために、重要な発見をした場合にのみ連絡するよう、ティフラーは命じた。

結果、当該周波はしずまりかえる。

ニアとティフラーは直線状の主通廊を浮遊していく。周縁から司令センターのある中央部まで、定規で線をひいたようにつづく通廊である。二名は一度もとまらず七百メートルほど進んだ。通廊の床は技術装置の破片でおおわれている。壁には高熱で融けたか、小規模な爆発によって裂けた個所がある。分子破壊銃で塵と化したところも。

直径五十メートルの空洞もあり、ティフラーは飛翔しながらそこを照らした。だが、ひそかに探していたものは見あたらない。

「死者はいないわね」と、ニアがいう。ティフラーの思考を読んだかのように、「要員は破壊される前に脱出したのではないかしら」

「敵が外からこのステーションを破壊したようには見えないのだが」ティフラーが応じる。「むしろここの要員が、敵の手に落ちないように価値のあるものをすべて破壊したのではないだろうか。この破壊は組織的だ。機能しうる技術装置はまったくない」

「どんな敵なの？」ニアがたずねる。

「いい質問だな」と、ティフラー。

二名は司令センターに到着した。入口は探すまでもない。そこでは壁がまる一枚失われていた。フリンジ状に裂けた開口部を通過すると、司令センターには床がなかった。

下の機関室まで見通せる。超高温で融け、変形した金属の塊りがあるばかりである。

「ここの要員は徹底的にかたづけたようだな」ティフラーは確信した。自爆したという予想は正しかったと。

フェルマー・ロイドが通信をよこした。

「興味深いものを見つけましたよ。おもちゃなんですが、有益な情報が得られそうです。ヒントは〝キャビンをめざせ〟、ですね。居住セクターがいちばん収穫が多いのでは……」

*

二名はハイパー物理学実験室を入念に調べていた。まだ機能しそうな装置に検査装置を接続する。だが、わずかな成果もない。

「もうなにも動かないな」ラス・ツバイが断言した。「隣りの居住セクターを確認してくれ、フェルマー。わたしは共用部をひきうける。要員が退避するさいに私物を忘れていったかもしれない」

「オッケイ」と、ロイド。「変わり者の秘密の日誌でもあれば、ちょっとしたものだがね」

「あまり欲ばらないほうがいいな」

ツバイは非実体化した。ロイドは浮遊し、実験室をふたつに裂いた大きな亀裂をこえて奥の出入口に向かった。居住セクターに着き、すぐに気づく。ここの破壊は徹底的ではない。むろん荒らした形跡はあるが、通過のついでという印象で、組織的な破壊ではなかった。

シラ・ステーションのキャビンは贅沢なつくりをしていた。ひろびろとして、設備も充分である。あるキャビンではすべての装置がビーム射撃で破壊されていたが、べつのキャビンは完全に無傷であった。住民は撤退前に几帳面《きちょうめん》すぎるほどかたづけていた。ロイドが入念に探してみても、忘れられた写真ひとつ見つからないのだ。

成果なく、いくつかのキャビンを開けてまわった。やがて、子供部屋のある家族キャビンに入る。散らかりぶりを目にして、なにかが見つかりそうだとすぐに希望を感じた。ここの住民は、すぐにもどるつもりだったのだろう。

戸棚で古びたおもちゃをいくつか発見した。このがらくたのなかに、記録装置つきカメラもあるかもしれない。

期待はずれだった。だが、てのひらほどの小型ロボット玩具を見つける。よく観察すると、ロボットではなくサイボーグだった。機械部品をそなえた生物である。検査装置を接続してみたところ、損傷していないことが判明した。品目と製造元が記載されたマイクロ記録装置までもが作動する。ロイドは驚き、検査装置の表示を読んだ。

〝ガンタロ　KHトイズ製　NGZ四八〇年〟

テレパスにはその年号が魔法の数字のように思えた。通話周波でみなに発見を伝え、居住セクターを調べるように伝える。

　直後、ラス・ツバイがそばで実体化した。フェルマー・ロイドがおもちゃのサイボーグにセランのエネルギーを供給し、オンにしたそのときである。だが、ロボットはちいさな爆発を起こして消滅した。

「未知の過去をめぐる思い出の品を、とっておければよかったのだが」と、ロイドが沈痛にいった。

＊

　ティフラーとニアは、ロイドのアドバイスにしたがってシラⅣの居住セクターを調べていた。そこでHUSグライダーの一機に搭乗していた四名の乗員と鉢あわせする。

「掠奪者になったような気がしますよ」と、ある女乗員がいった。

「獲物は山ほど、とはいかないようね」べつの女乗員が応じる。

「事情がわかるわけでもなさそうだ」男の声が割ってはいった。「せめて当時流行のファッションがイメージできる下着かなにかが手に入れば……」

「ちょっと、敬意のないことはやめなさいよ」ひとりめの女が責める。するとべつの女が鋭い声をあげた。

「それだわ。ここの要員に、下着をクリーニングから受けとってくる時間があったと思う？」

　仲間たちはとまどったが、ニアが応じる。

「すばらしいアイデアね。クリーニング室を見にいって、セラ。わたしたちは居住セクターを調べてみる」

　実際に、クリーニング室には下着の山があった。だが、〝いいアイデア〟は空振りに終わる。ポケットはどれも空だったのだ。

　とはいえ、そのおかげでティフラーの頭にべつの考えが浮かんだ。廃棄物のコンテナに向かう。そこでニアと顔をあわせた。彼女はふと笑みを浮かべる。同じことを考えたと笑っている……そうティフラーは思ったが、ニアはアームバンド装置を振ってみせた。プライベートな映像の撮影に使われそうなデータ記録装置である。作動はしないが、セランのシントロニクスとは適合性があった。

　ニアはシントロニクスとつなぎ、データを取得したとの応答を得た。中身を再生させる。いくらかゆがんだ声が語りはじめた。

「スヴェン・エルドリン、四八八年の八月、二十四日。オッケイ、おれたちは逃げる。われわれ最後の数時間をまとめてみよう。自分のためのおつとめってわけだ。まったくどうかしてる。こっちは警告したっていうのに、カルタン人はあんな冒険をしようっていうんだからな。あいつらとのコンタクトは禁じられた。だがおれは、通信で幸運を祈り、伝えた、〝イルがともにあるように！〟ってな。あいつらの計画を手助けできる者がいるとすれば、あのハイパー物理学者だ。ところがあのいやな女は、何十年も前にどこかで消えて、あれ以来、おれたちの仕事は停滞し……くそっ、とりあえずやめて、セランの着用だ。まったく急いでやがる……」

　これで記録は終わっていた。

「着替えたのね」ニアがいった。その場で見ているかのように。「アームバンド装置をはずして、急いでいたせいで壊した。だからリサイクルのシャフトにほうりこんだのよ」

　ティフラーはうなずいた。そうなのだろう。エルドリンの話は重要だとは思えなかった。ほかに考えることがあったのだ。カルタン人とその冒険とは、なにを意味していたのか。それがシラ・ステーション放棄の原因になったのだろうか。エルドリンの説明からは、そのカルタン人が敵だという印象は受けなかった。幸運を祈っていたではないか。さらに、〝イルがともにあるように！〟と。

「ポイント・シラグサだ！」ティフラーがにわかに叫んだ。「それだ。カルタン人は、あのブラックホールと関連のあるなにかをしようとしたのだ」

「わたし、自分のことをおばかさんだと思わなきゃならないのかしら。あなたのいっていることが、わからないから？」と、ニアがたずねる。

　ティフラーが返事をしないうちに《ペルセウス》が呼びかけてきた。

「闖入者を探知しました」と、ダーンが報告。「とくに意味はない発見だと思いますが、型どおりにお知らせしようと思いましてね。こっちがなにもしていないわけじゃないって証拠に……」

「わかった」ティフラーがさえぎる。「詳細をたのむ」

「さっぱりわかりませんよ、このアステロイドがどうやってこんな虚無空間にやってきたのか」と、ダーン。怒らせたいのかと思えるほど、まわりくどく話している。「ビッグバンのころからうろついていたにちがいありませんね。ポイント・シラグサからマゼラン方面に二十一光年。直径は三十キロメートルほどでしょう。金属含量がやけに多いが、大きさのわりに質量は信じられないほどすくない。超軽量、そういっていいと思います」

「正確な座標をスペース＝ジェットに送ってくれ」ティフラーは命じた。「その闖入者を見てみよう」

*

ニアは首を横に振りながらティフラーについていくしかなかった。なぜ意味のない天体をシラ・ステーションの調査より優先させるのか、たずねてみてもこんな返事しか返ってこないのだ。

「ここでの作業には、それにふさわしい者が充分にいるからさ」

ふたりがスペース＝ジェットに着くと、ほかの者はすでにもどっていた。ラス・ツバイとフェルマー・ロイドまでいたが、意外ではない。

テレポーターはすこし疲れたようすだった。だが、ロイドは明るい顔で、

「われわれが同行しても、反対はしませんよね。ここではもう、得るものはなさそうですから」

かれらはすぐにスタートした。

「なぜあの闖入者をそれほど気にするんです？　好奇心ですか？」シガ星人がティフラーにたずねる。

「特別な理由はない」ティフラーは返答を避けた。「きみのいうように、ただの好奇心だ」

「シガ星人をだまそうとはしないことです」ゴラー・〝スプライト〟・アマリムが非難がましく、「迷信を信じているんでしょう。口を滑らせたら願いごとはかなわないとか、そういうことですよね、ティフ」

ニアは胸のなかでシガ星人に同意した。

フェルマー・ロイドが、

「ティフは迷信を信じたことなんてないさ。秘密主義者でもない。なにか知っていれば、話すはずだ」

ティフラーは黙った。本音をいうわけにはいかない。

「わたしを好奇心で破裂させようというわけですか？」シガ星人が興奮し、反重力フィールドでティフラーの鼻先をうろうろした。

スペース＝ジェットは短距離超光速航行をこなした。操縦士はシントロニクスに正確に計測させていたため、目標からわずか千キロメートルでアインシュタイン空間に復帰。減速中に充分に探知し、詳細なデータを得る。

その天体の表面は岩のようであった。もっとも厚い個所の直径は二十八キロメートル。自転らしきものはしていない。

「べつの側に飛んでくれ」ティフラーが操縦士に、「背面を見てみたい」

操縦士はスペース＝ジェットを大きくカーブさせた。天体の背面が目に入ってくる。

最初は融けた岩石からなるぎざぎざのへりが見えた。さらには曲がった金属部品。やがて、長径二十八キロメートル、短径二十キロメートルの楕円形をした破断個所が目に入る。

ティフラーは周囲の興奮した声に耳を貸さず、問わず語りに、

「あれは《ナルガ・サント》の五分の一ほどだろう。かつてカルタン人と友好種族がタルカン宇宙からエスタルトゥの十二銀河にきて、そこから局部銀河群にうつったさいに使用した巨大宇宙船だ。あれは船首だが、スコ＝タ＝ミング、つまり中央指令部がない。二十本の棒ノクターンも」

「それで、のこりの五分の四がどこにあるのかも、知ってるんですか？」シガ星人がたずねる。「なぜ、《ナルガ・サント》は折れたんです？」

「おそらく、ポイント・シラグサをアインシュタイン＝ローゼン橋として使おうとしたさいに、だろう」ティフラーが応じた。「スヴェン・エルドリンがカルタン人について話していたことから、そう思ったのだ。《ナルガ・サント》の大部分はブラックホールの重力渦にのまれたわけだ。二十一光年という距離は、六百五十年ほど自由落下状態にあったのであれば、不思議ではない」

「あそこにまだ生存者がいる、などということがあるだろうか？」と、ゴラー・〝スプライト〟・アマリム。

「まあ、訊いてみよう」ティフラーが応じる。「あの破損個所を見てくれ。どこにも穴は開いていない。したがって、カタストロフィの〝あとで〟ふさいだのだろう。生存者の後裔がいる可能性は充分にある」

「ハイパー通信に応答はありません」シントロニクスが報告した。ついで通信士が、「やってみますが……」と、驚きの声をあげて口ごもり、叫ぶ。「なんてこった！　向こうから呼びかけていますよ。あの残骸には、ほんとうに生存者がいる」

直後、女性の声が聞こえた。ティフラーの知るカルタン語とほぼ変わらぬ言葉を話している。

「イルが、世界の万物の母が、あなたがたを歓迎します。われわれが乞い願ってきた、アルドゥスタアルの救世主なのでしょうか？」

7

この偉大なる瞬間のために、イルは入念に身なりをととのえていた。儀式の衣装をつける。この〝故郷のかけら〟の初代指揮者が、はるかなる星雲サヤアロンへと出発するさいに着用していたものだ。世代をこえて厳重に保管されてきた、最上位の女性が特別な機会にのみ身につけるオリジナル・コンビネーションである。

いまは、そのような特別な機会であった。

ついに救世主がやってきたのだ。

儀式の衣装にくわえて、イルは銀の鉤爪をつけた。映像記録によれば、以前、鉤爪はごく自然にそなわっているものだったという。この種族の者にはみな、男女のべつなく生えていたのだ。男性にさえあった。ところが、この故郷のかけら、《ナルガ・サント》の一部での不自由な生活のために、失われてしまったのだ。毛皮は世代を重ねるごとにまばらになり、かさぶたができた。いつしか鉤爪も生えなくなってしまった。

だが、この変形、突然変異、そして退化も、まもなく終わる。真の故郷で通常の生活が送れるようになれば。

救世主の宇宙船は驚くほどちいさかった。とはいえ大型宇宙船の先遣にすぎないのかもしれない。

イルは救世主に世界の入口を伝えた。地下の住民から守るために、残存している最後のロボット部隊を派遣する。

救世主は四名だけでやってきた。防護服のため巨漢に見えるが、落胆させられるほど質素な姿である。

それでもイルは緊張していた。ロボットが死のゾーン、冬景色、市民世界を通り、故郷へと救世主を案内してくる。ハッチを通過し、ついにイルの至聖所にいたった。イルは人工恒星を点灯。命をあたえるおだやかな光が、庭のみごとな植物を優しくつつむ。死んだいとこ、アンリナのために、彼女の好きだったディナの花でかこまれた特別席を用意させている。

案内されてきた四名のカルタン人……イルは四名をこの種族名で呼んだ。かれらは純正な血筋のカルタン人であり、彼女が庇護しているできそこないとはちがうのだ。その四名が、防護服の透明ヘルメットを襟もとにおろす。その顔を見て、万物の母は落胆した。自分より毛が密なわけでもなく、うつし絵で見たカルタン人を思わせるところもない。異質な顔をしている。

だが、疑念は微塵もなかった。ささいなことは鷹揚《おうよう》に頭から追いはらう。

「故郷のかけらへようこそ。われらの数百年来の、ささやかな世界へ」ロボットをさがらせ、救世主に歓迎の辞を述べる。「わたしはイル十八世です」

救世主のリーダーが自己紹介し、同行者の名を告げた。伝統的なふたつ名である。イルは正しく聞きとれず、ひそかにティフ＝ラー、ニア＝グリス、ラス＝バイ、フェル＝オイドと名づけた。

「奇蹟のようだ。《ナルガ・サント》の残骸に生存者がいたとは」と、ティフ＝ラーがいった。さらになにかを話したが、あまりに異質で理解をこえている。

「ここにはまだ、いく世代ぶんもの空気と食糧、エネルギーがあります」万物の母は誇らしげに説明した。「しかし、あなたがたがいらしたいまや、もはや重要ではありません。いつか救世主が訪れ、真の故郷に連れ帰ってくれる日がくると、わかっていました。この地位について以来、くりかえし送信機をオンにして、救難信号を送ってきたのです」

「ならばなぜ、もっと早くにほかの宇宙船が気づかなかったのだろうか」と、ティフ＝ラー。「何百年ものあいだに、だれかがそのハイパー通信をとらえていてもよかったはずだ。奇妙なことにわれわれ、ハイパー通信の周波ではなにもとらえられなかった」

「あなたがたは、わたしの呼びかけにすぐ応じてくださいました」イルが答える。

　ティフ＝ラーはけげんな目で彼女を見て、

「通常周波でとらえたにすぎない……」と、口ごもり、同行者と目を見かわした。ニア＝グリスがいう。

「《ナルガ・サント》のこの部分には、ハイパー通信装置がないのだと思うわ」

「もちろんございません」と、イルはいった。ニア＝グリスがなにを話しているのか、わからなかったが。いずれにせよなじみのない言葉なのだから、まちがっているはずはなかった。「われわれをここから連れだす前に、ひとつお願いがあります。われわれ、生きのびるために法を定める必要がありました。多くの者は守ってきましたが、よくあるように、ここにも社会になじめぬ者がいるのです。そのような者の数名に、裁きをくださねばなりません。正しく裁けるよう、お手伝いいただきたいのです」

「それは光栄だ。しかし……」ティフ＝ラーは話しはじめたが、のこる言葉はイルには理解できなかった。

「じつに卑劣な陰謀なのです」イルはきびしくいった。「アンリナも巻きこまれていたのですが、すでに処刑しました。いま、その共犯者を裁かなければなりません。正しい裁きのためにご助力を」

　ティフ＝ラーは詳細に返答したが、万物の母はそれが気にいらず、聞くのを拒否する。

「準備はよろしいでしょうか？」と、たずねた。「それでは、囚人をここに連れてこさせましょう」

＊

「彼女、どうかしていますよ」フェルマー・ロイドがいう。「思考を読むことすらできなかった。正気を失わないためです。とにかく、われわれがカルタン人ではないと認めるのを拒否している」

「おちつくんだ、フェルマー」ティフラーが応じた。「なりゆきにまかせよう。全員があれほど混乱しているわけではないはずだ」

古びたロボットが四名のみすぼらしいカルタン人を連行し、透明なふたのついた、ちいさな柩《ひつぎ》のようなケースをひとつ、運びこんできた。なかには毛の生えていないカルタン人の赤ん坊が横たわっている。ニアは同情心に駆られて身をかがめたが、ロボットにしりぞけられた。

「あのアルビノの男に気をつけてください！」フェルマー・ロイドがインターコスモで警告する。「かれ、超心理能力をそなえている。わたしの能力を遮蔽しています」

その〝アルビノ〟は、白い肌をしたカルタン人で、大きな黒い目をしていた。頭の細い筋状の個所をのぞいて、毛は生えていない。イルはかれをヴィンと呼んだ。ほかの三名のカルタン人は、モンカ、クルデ、ニムという。最後の一名は女性で、張りのある若々しい胸は、しわだらけの顔とは大きな落差を感じさせた。

ロボットが金属的な声で訴状を読みあげる。この四名は、生きる権利のない非合法の子供を死の間から盗みだし、あたえられるべき天命をとりあげたのだと。そしてなによりも、この子供は死んだアンリナの子であり、イルを、万物の母の地位を脅すためだけに生を受けたのだという。

そのうえ子供は男の子だった。このために反逆の疑いが強まっていた。万物の母の男の後継者は、母系社会を根底から揺るがしかねないからだ。

「救世主にお願いします。刑の執行にご助力を。死の種類を定めるのは、あなたがたの特権です……」イルはにわかに言葉を切り、大きな植木鉢に手をついた。目眩《めまい》がしたかのように。

「あのヴィンは暗示者です」ロイドがインターコスモで告げる。「意図がわかりましたよ。みずから進んでほかの者とともに捕らえられたのです。万物の母に影響をあたえ、退位を正式に発表させるために」

「ヴィンは手強《てごわ》そうだな」ティフラーはメンタル安定人間ゆえの自信をこめていい、決断した。「権力闘争にはかかわるまい」

「でも、あの子を殺させるわけにはいかないわ」と、ニア。

万物の母はおちついたようだ。両手をこぶしに握り、三本の飾り爪を折る。暗示者の影響下にあるようすで、告げる。

「判決をいいわたす前に、被告に発言の機会をあたえる。この行為におよんだ理由を述べてもよい」

イルが語るうちに、ヴィンが近よっていく。そばからより強い影響をあたえようというのだろう。

「とまれ、一歩たりとも近づくな！」ロイドがカルタン語でいった。アルビノのミュータントはジャンプをするように重心をさげ、パラライザーをかまえる。

ヴィンは身をひるがえし、ロイドやほかの者をにくにくしげに見すえた。

「かかわるな」と、叫ぶ。「おまえたちはよそ者だ。われらが種族の一員ですらなく、介入する権利などない。われらの問題をなにひとつ知らぬのだ。万物の母の心の乱れを利用して、干渉しようというのだろう。だが、そのようなことはさせぬ」

「きみたちの問題に介入するつもりはない」ティフラーがいった。「みずからの運命はみずからで決めればいい。だが、目の前で殺害をさせるわけにはいかない。その権力闘争をべつのかたちで決着させるか、われわれが去るまで待つかだ」

「ならば、ここになんの用があるのだ？」被告人のべつの男が、イルがモンカと呼んだ者がたずねる。「どこからきた？　だれに送られてきた？」

「われわれ、偶然ここへきたのだ」ティフラーが説明する。「生存に必要な援助はできる。できる範囲で。ここでの生活を楽にする、食糧と酸素の備蓄をひきわたそう。ひきかえに過去の情報がほしい。きみたちが有している、あらゆる情報が」

「ほんとうなのか？」ヴィンが期待をこめて、「信じていいのか？」

「あなたたちは、万物の母の味方ではないのでしょう」ニムという名のカルタン人がいった。本能的に同性だと感じたらしきニアに向かって、「そうよね。あなたたちは、わたしたちからボマツをとりあげたりはしない。あなたは、わたしがわが子を手もとにおくことを、許してくれるはず」

「だれも、あなたからボマツをとりあげたりなんてしないわ」ニアは応じた。「でも、約束してほしいの。イルに過酷な判決をくだして、意味のない死で終わらせたりはしないと」

　ニムはすぐに赤ん坊のいるケースへ急いだ。監視ロボットが押しとどめようとしたため、ふたたび緊張がはしる。そのときイルが命じた。

「その女を子供のもとへ行かせなさい。あらたな秩序の条件を話しあいましょう。それがすめば、わたしから住民に話します」

　暗示者は、万物の母を完全にコントロールしている。イルがこれまで、どれほど恐ろしい伝統を維持しようとしてきたにせよ、ヴィンの指揮のもとで打ち破っていくのだろう。

難破船の後裔にとってそれがどのような改善になるのか、ティフラーにはわからなかった。とはいえ、影響はあたえられないし、あたえるつもりもなかった。だが、奇妙なめぐりあわせのように感じていた。自分たちがあらわれたときに、《ナルガ・サント》の残骸にあらたな時代が訪れたことは。そうはいっても、直接に影響をあたえたわけではない。

行方不明のイル・シラグサの名は、ここのカルタン人にとり大きな意味があったようだ。世代から世代へと、支配者である万物の母がその名前をひきついできたのだから。すべてはちいさなことから生まれた。あの送別の言葉……〝イルがともにあるように！〟という、シラ・ステーションの平凡な要員の言葉が、ひきおこしたのだ。

ボルダー・ダーンが聞きつければ、すぐにシラグサ伝説のあらたな物語が生まれるのだろう。

「情報がほしいのだな？」と、ヴィンがいった。「ならば、うつし絵がよかろう」

*

ジュリアン・ティフラーたちは、《ナルガ・サント》のアーカイヴにある映像素材の山に圧倒されていた。ヴィンは、はるか以前から権力者の座にあったかのごとく、ここの事情に通じていた。

「好きなだけコピイをしていただければ」と、ヴィンが申しでる。かれはティフラーたちのために、イルの退位の公表をひきのばしていた。「だが、目をひくものはあるまい。われらの問題にかかわるものばかりだ」

ティフラーら四名がざっと見たところ、それは事実だった。アーカイヴには、銀河系やギャラクティカムのあの当時の情報はほとんどない。期待していただけに落胆は大きかった。とはいえ、局部銀河群の大局やカルタン人の歴史を知るのもまた、興味深いものである。

「合成年代記作者が案内役をつとめて、まとめられたものがある」ヴィンが説明する。「このコンピュータ・アニメーションによるドキュメンタリーは非常に有益だと思う。これはすすめておきたい」

ティフラーたちはヴィンの助言にしたがった。だが、万物の母の映写室に向かう前に、スペース＝ジェットの乗員に経緯を説明した。《ペルセウス》を《ナルガ・サント》のそばに移動させ、よぶんな食糧や酸素をすべてカルタン人にひきわたすよう、指示を出す。

そして映写を見る。興奮する映像だった。コンピュータ生成の年代記作者はダオ・リンという名前だった。驚いたことにダオ・リン＝ヘイに似ている。しかし、ヴィンやほかの者たちにとっては、意味のない名前だった。

画質は充分ではなかったが、そのドキュメンタリーは四名のテラナーを魅了した。このわずかな時間、ヴィンはやすやすとかれらをあやつれただろう。もし、その気があれば。

8

宇宙的規模のカタストロフィの四十五年後、《ナルガ・サント》はアルドゥスタアルを、つまりカルタン人の真の故郷である渦状銀河M-33を発ち、カルタン語で〝はるかなる星雲〟を意味するサヤアロンと呼ばれる銀河系に向けて出発した。

カルタン人は当時、四十五年にわたる戦争を終結させたところであった。その戦争はカルタン人の世界をこえて荒れ狂い、局部銀河群のあらゆる宙航種族をも巻きこんだのであった。

宇宙的規模のカタストロフィとは、ハンガイ銀河の第四クオーターがタルカン宇宙から遷移してきたのち、ペリー・ローダンが指揮する十四隻の宇宙船がたどった運命の原因ともなった、宇宙的な出来ごとである。

そのころ、カルタン人は強力な時空構造の震動をとらえた。みずからの銀河ではハイパー空間震動として出現したが、技術が未熟であったために、五次元における現象の正確なデータを収集することはできなかった。

パラ露なき時代となり、高い新生児死亡率と〝エスパー狂乱〟という、第二の災禍がカルタン人を襲った。かつてパラ露の作用のもとでエスパー能力を獲得していたすべてのカルタン人が、理性を失いはじめ、凶暴な野獣と化したのだ。かれらは目の前にあるものすべてを破壊し、行く手をさえぎる生物をみな殺害した。

このころ、ハンガイ銀河から第一報が入った。カンサハリヤの父権的カルタン人と、ハウリ人とのあいだで戦争が勃発したという。ハウリ人の大艦隊が、ギャラクティカムと戦うべく銀河系方面へと出発したという報告も散見された。

だが、アルドゥスタアル＝カルタン人には、他銀河の出来ごとにかまけている時間はなかった。ハンガイ銀河からハウリ人の最初の編隊があらわれたのである。アルドゥスタアルの住民を〝六の日の聖戦〟の味方にひきいれるためである。だがやがて、宇宙的規模のカタストロフィがハウリ人にも禍根をのこしていることが判明した。ハウリ人はもはや、ある宇宙からべつの宇宙にうつる力を有していなかった。指導者を喪失し、行動パターンも錯乱状態となった。

だがなおも一点において、ハウリ人はほかのハンガイ銀河種族から抜きんでていた。ストレンジネス・ショックへの耐性をそなえていたのである。そのために局部銀河群を自由に動きまわれ、ハンガイ銀河で動きのとれぬカンサハリヤ種族とは一線を画していた。

この時代、ハウリ人はアルドゥスタアル＝カルタン人にとり最大の脅威となった。

こうして、カルタン人の高位女性はクトル・ロボットの投入を決定した。全知者とオーグ・アト・タルカンの遺産であり、このような困難な時代に助けとなるとされていたロボットである。宇宙船とロボットの力により、カルタン人はハウリ人に対して、ある程度は対抗することができた。

十五年ほどが経過したのち、この脅威はおのずと解消した。ハウリ人がにわかに姿を消したのである。理由はまもなく明らかになった。ハウリ人は、ストレンジネス・ショックへの耐性はそなえていたものの、ストレンジネスの長期的な作用には抵抗できなかったのである。

やがてハウリ人やハンガイ銀河の他種族に、そしてハンガイ銀河になんのルーツも持たぬ者たちにも、この事実が知れわたった。ハンガイ銀河のストレンジネスが徐々にこの宇宙のそれと同化していたからである。やがてハウリ人は退化していき、能力を失っていった。忘却が訪れ、忘れ去られた。

ハウリ人危機がおさまるやいなや、べつの敵があらわれた。かつて銀河系から逃げてきたマークスの同系種族、マーカルである。かれらがカルタン人と競いうる力を回復したと感じはじめたのだ。マーカルがアンドロメダの同系種族と強固な外交関係を築こうとしていることは、すでにカルタン人の情報員がつきとめていた。とはいえ、それは不安要因とはならなかった。ときおりＭ‐３３に迷いこんでくるギャラクティカムの者たちがうけあったからである。カルタン人は銀河系と友好関係にあり、銀河系種族とは友情の絆で結ばれているのだから、マーカルはカルタン人に手出しはできないだろう、と。
こうしてカルタン人は安全だと思いこんだ。内部に充分すぎるほど問題をかかえてもいた。そのうちにマーカルがカルタン人の領域に奇襲をかけ、第四次毒呼吸体戦争が勃発した。十年後、ギャラクティカムとアンドロメダのマークスが介入してようやく終結を見た。だが、マーカルとカルタン人の平和は安定せず、その後何年も攻撃を受けたのだった。

とはいえ、アルドゥスタアル＝カルタン人にとっては比較的おだやかな時代となり、あらたな全盛期を迎えた。カルタン人は高い倫理観と名誉観をそなえた種族である。平和をもたらしてくれた銀河系種族に対し、いつか返礼をするのが自分たちの義務だと、高位女性は考えていた。

そしてＮＧＺ四八〇年代、その時がきたと判断したのだった。たとえ、銀河系の誇り高き友が支援をもとめてくることはなくとも。当時、局部銀河群の銀河間をつなぐ情報交換の手段はほとんどなく、カルタン人が銀河系の出来ごとについて知りえた内容は、ごくわずかだった。

銀河系の住民が重大な困難に直面している。それが断片的に聞こえてくるばかりである。カルタン人は旧来の友、マゼラン星雲のグラドや球状星団M－3のポルレイターらの協力を得ようとした。銀河系種族を襲う不穏な脅威にからみ、噂に乗ってあらたな名前が知られるようになった。カンタロ。

　これは半生体、半ロボット種族の名前である。かれらはまもなく局部銀河群の監視者として姿をあらわした。カルタン人には以前から知られていた名前だったが、いまや銀河系の恐ろしい出来ごとと結びつき、あらたな意味を帯びていた。カンタロの名が、カルタン人に告げたのである。テラナーやほかのギャラクティカーが存亡の危機にあると。

　あらたな敵が銀河系で猛威をふるっている。そのような報告がカルタン人のもとにとどいていた。惑星をまるひとつ破壊し、警告なしに仮借なく、あらゆる生命体を攻撃しているという。こうしてカルタン人は、前もってそれと告げることなく、遠征救援隊を銀河系に派遣する決定をくだしたのである。

　この任務には、《ナルガ・サント》が最適であった。この巨大世代船は、かつてタルカン宇宙からこの宇宙に持ちこまれたものである。百万名のカルタン人と、同数のクトル・ロボットを乗せて。

　巨大宇宙船の格納庫には、何千もの小型宇宙船があった。これもまた、ラクノル星雲のロボット惑星、クトルⅡの無尽蔵に近い武器庫のものだ。

　膨大な軍需物資と、決然たる戦士を乗せて、《ナルガ・サント》はギャラクティカーの知らぬうちにサヤアロンをめざして出発した。

カルタン人が目標宙域に到着すると、銀河系に入るのはかんたんではないと思い知らされた。ドキュメンタリー映像からは、カルタン人がどのような困難に直面したのか、判然としない。語られたのは、従来の方法では銀河系に到達することはできない、それのみである。なぜなら、〝ギャラクティカーは、敵に対して外側からバリケードを築いている〟から。したがって当時すでに、銀河系をつつむ初期段階の壁が存在していたのだろう。

この年代記には、なぜカルタン人がよりによってポイント・シラグサで運だめしをしようとしたのか、その理由も記録されていなかった。ギャラクティカムの伝令船とコンタクトしたのか、あるいは、シラ・ステーションかほかのハンザ基地と通信で連絡がついたのかもしれない。

いずれにせよ、《ナルガ・サント》はブラックホールのそばに出現した。宇宙船の指揮官はアインシュタイン＝ローゼン効果を利用して、銀河系内に行こうとしたのだ。

だが、カルタン人はシラ・ステーションの要員の助力を得られなかった。助力を期待していたとして、ではあるが。要員はステーションを去ろうとしていた。充分な情報交換もできず、カルタン人が通信連絡を強くうながしても、返事はなかった。《ナルガ・サント》にはみじかい応答がとどくばかりで、不完全な情報しかもたらさない。

〝イルがともにあるように！〟この言葉がいまなおカルタン人の記憶にのこり、生活を縛っている。すべての万物の母がこの名をひきついできたのである。イルは、命を支配する力と同義なのだ。

　このドキュメンタリーには、シラ・ステーション破壊のオリジナル映像も使用されていた。外部からの作用によって破壊されたのではないと、はっきりと見てとれる。ブラックホール基地の全体、あるいは一部を破壊する爆発のなかから、ステーションの宇宙船が次々にスタートしていく。やがて、シラⅢ、シラⅣ、シラⅦの残骸がのこるばかりとなった。

　《ナルガ・サント》がポイント・シラグサにコースをとる。それも映像にあった。鮮明に見えている。巨大宇宙船が加速しながらブラックホールに突進し……事象の地平線に到達する直前に……破断した。

　これでドキュメンタリーの前半は終わっていた。後半では、ブラックホールの力で虚無空間に投げだされた《ナルガ・サント》の五分の一の残骸内の状況が描かれている。船首部のわずか千名の生存者が、どのようにしてその運命を克服していったか。生きのびるには充分な量の食糧、酸素、エネルギーの備蓄はあった。とはいえ救援を呼べるハイパー通信装置は、なかったのである。

　だがこれについては、ティフラーたちは後日とした。現時点では、銀河の歴史について判明したこと、ならびに判明しなかったことで、充分だったのである。

＊

《ペルセウス》が到着した。《ナルガ・サント》への余剰物資のひきわたしがはじまる。ティフラーは記録装置の情報や映像をすべて、《ペルセウス》のシントロニクスに保存させた。

そのあいだにヴィンがイルに強制して、住民への説明や改革の告知をさせた。市民世界と故郷の二地区の生活空間を制限すること。すべての者の平等。そして自然な寿命がつきるまで制限のない生活を送る権利を保障すること。さらに、住民の数を強制的に規定しないこと。

最後の点は、ティフラーが船の残骸のサルベージを約束してからヴィンがつけくわえた。だがティフラーは、この約束はすぐにははたされないかもしれないと伝えた。充分な数の宇宙船がないのである。そこで実行可能な解決策を提示した。超光速エンジンを調達し、それを《ナルガ・サント》の船首にとりつけて、自力での渦状銀河帰還をめざすのだ。

これはダオ・リン＝ヘイがはたすべき任務であろう。同族なのだから。

「現時点では、うまく対処できているようだな」と、ティフラーはいった。《ナルガ・

サント》の船首内の状況を聞き、現状にショックを受けていたとはいえ。「確信しているとも。きみたちは内部の問題も解決できるようになる」

「寛大な援助のおかげで、もう何世代かここで暮らせるだろう」ヴィンが応じる。「だが、われわれの夢は、真の故郷、アルドゥスタアルへ帰還することだ」

「長くはかかるまい」ティフラーが約束し、アルビノの男に手をさしだした。ヴィンはためらったが、友情をしめすしぐさと理解して、手を握る。

「別れる前に、訊いておきたいことがあるのだが」と、困惑したようすでヴィンがたずねる。

「いってくれ、ヴィン！」

「なぜ、あなたがたには影響をあたえられなかったのだろうか？」そうたずねて、つけくわえる。「わたしの能力がきかなかったことはないのだが」

「答えはかんたんだ」ティフラーが笑って応じる。「ラス・ツバイとフェルマー・ロイドはミュータントなのだ。ニアとわたしはメンタル安定化処置を受けている。超心理的な作用から守ってくれるものだ」

ティフラーは、ヴィンとモンカ、さらにクルデとニムの幸運を祈り、ほかの者にも別れを告げた。ニアがボマツにさようならをいって、みなで《ペルセウス》に向かった。

「カンタロか」フェルマー・ロイドが考えこみながらつぶやいた。「その名前はどこかで聞いたことがある」

「災《わざわ》いをはらむ名前だ」ラス・ツバイが暗い表情でいう。

「ああ、そうだ！」ロイドが叫んだ。首を横に振り、「なんて忘れっぽいんだ。こんなかんたんなことも思いだせないとは！」

みなのもの問いたげな視線を受けて、ロイドは説明した。

「シラⅢでカンタロのおもちゃを見つけたんだ……」

*

《ペルセウス》がフェニックス＝1へとコースをとり、超光速航行に入ってまもなくのことである。ジュリアン・ティフラーは、イルミナ・コチストワから、自室キャビンへきてほしいともとめられた。

ティフラーは呼びだしてもらえて助かった。ボルダー・ダーンから質問攻めにされたあげく、〝伝説の比類なき〟イル・シラグサがたどった運命の新ヴァージョンをさんざん聞かされていたからだ。十八世代をへてもなお、難破船のカルタン人にとり〝イル〟は重大な意味を持つ名前であった。その事実のために、ダーンの想像の翼ははてしなくひろがっていたのである。

だからティフラーは、ダーンから逃げだせてほっとしていた。

メタバイオ変換能力者は、今回の出来ごとをほとんど知らなかった。イルミナは人生に興味を失っているのではないか、そのようなニアの懸念に、ティフラーは同意しそうになった。周囲にかまわず、自分の殻に閉じこもっている。

そのいっぽうで、すっきりと、ふっきれたような印象も受ける。ぼんやりしているのが時代錯誤にも見えるのだ。

ティフラーはかいつまんで説明した。だが、なにも聞いていないようすに、話をやめてたずねる。

「イルミナ、どうしたんだ？　まったく耳を貸していないようだが」

「わたしのことは、もっとよくわかっていてもいいはずですよ、ティフ」と、イルミナは応じた。「説明をお願いしたくてきてもらったわけではありません。それなら、いつでもシントロニクスがやってくれますから。もし、聞きたくなれば」

「だから、それなのだ……なぜ宇宙の出来ごとを聞こうとしないのか」

「なかのほうに目を向けているからです」いくらか明るい顔でイルミナはいった。だがすぐに真剣になり、「ニアを驚かせたのではないかと、心配で」

「そうなのか？」ティフラーは意外そうな顔をつくってみせた。

「ニアからなにも聞いていないんですか？　最近ここで、わたしのキャビンで、なにがあったのか」イルミナはけげんな顔で、「それは不思議ですね。ふたりのあいだに秘密はないと思っていたので」

「それで、どうしてそう思うんだ。ニアを驚かせたって？」

「わたしの細胞活性装置のことです」と、イルミナ。「装置をはずしてみせたんです。ニアが奇妙な反応をしたので、誤解をしたのではないかと思っています」

「誤解とは？」

「わたしがあとさきを考えずに、細胞活性装置を放棄するかもしれない、そう思わせてしまったのではないかと」イルミナは迷わずコンビネーションの前を開け、むきだしの頸を見せた。「もうどれくらい、細胞活性装置なしでいると思いますか？」

「なにがいいたのかわからないが、きみがやっているのは趣味の悪いゲームだという気がする」ティフラーは居心地の悪い思いをしていた。ニアがこの状況をどう感じていたのか、理解できた。

「六十時間です」と、イルミナ。「六十時間前から細胞活性装置をはずしたままでいます。正直にいってください、ティフ。なにか老化現象は見つけられますか？」

「前よりも若く見えるよ」いやいやながらも認めるしかなかった。「だが、そんな危険な実験は、軽はずみにすべきではない」

　イルミナは細胞活性装置のある棚に行き、装置を頸にかけた。ティフラーのほうを振りかえると、意味深長な笑みを浮かべて、

「軽はずみ？　逆ですよ。細胞変換能力を使いこなせるようになってきているんです。自分の命をおもちゃにしているわけじゃありません、ティフ。それどころか、これに賭けているんです」

「慎重にやってくれよ、イルミナ」

「よく気をつけていますよ、自分のことは」と、ほほえんで、「でも、あなたは、ニアのささいな不安を解消してあげられるように、よく話したほうがいいと思いますよ」

イルミナのキャビンを出るとき、ティフラーの心にはまだしこりがのこっていた。イルミナならば限度はわかるはずだと、自分にいいきかせていたが。

しかし、この件はすぐに忘れ去った。《ナルガ・サント》で得た情報に、とりかかったのである。

あとがきにかえて

鵜田良江

この訳者の名前はどこかで見たような……という方も、はじめましての方もいらっしゃるかと思う。本シリーズの翻訳を再開することになり、むろんうれしかったのだが、やめると宣言してしまった手前、どのような顔をしてもどればいいのだろうと思いあぐねていた。とはいえ多くのキャラクターと同じように、翻訳者もまた来ては去るもの、というのは、読者のみなさまのほうがよくご存じのはず、と思いなおした。あまり気に病むことはないのだろう。

そうはいっても、この「あとがきにかえて」は、ほんとうに困るのである。作品の解説めいたものである必要はない、日常のことでいい、と言われても、わたしの日常は翻訳と持病と子どものことからなっている。翻訳ではここに気軽に書けそうなネタは思いつけず、病気の話をしたところで仕方がない。そして子どもはといえば、十代の子どもがふたりいるのだが、自分たちのことは書くなと厳命を受けている。うっかり余計なことを書いたりすれば、家庭の危機だ。

とはいえ、ここで終わりとはいかないので、もうすこし原稿のマス目を埋めていこう。うちには、小児がんの治療を終えて経過観察中の子と、自閉症の子がいる（それぐらいは書いてもいいと子どもたちに許可をもらった）。それぞれに個性的で、大変でないと言えば嘘になるが、この子たちとの生活は最高なのだ。おもしろいエピソードもたくさんある。なにやら感動的な話が聞けるのではないか、そのような雰囲気で取材を申しこまれたこともある。が、断った。うちの子たちは自分の人生を生きているだけで、感動の物語を提供するためにここにいるわけではない。そしてなによりも、どんな人の人生だって、大変で、魅力的なのだ。

その思いを強くしたのは、ピアニストになりそこなったピアノの先生のお話を聞いたときだった。音大を出て、世界のトップクラスのピアニストが教えを乞いにくる海外の指導者のもとで学んだ方だ。ねこふんじゃったや、バッハのメヌエットなどを、どうにかこうにか弾いてよろこんでいるような、そんなレベルのわたしから見れば、雲の上のはるか上の人である。それでもピアノの世界では「そこそこ」で、ショパンコンクールへの参加を見送った理由や、そばで見た一流ピアニストのレッスンの様子などは、じつに興味深かった。

ローダン・シリーズで魅力的だと思うのは、このような「そこそこ」の人物がたくさん登場することだ。本書でいえば、ショルシュやビクスビーにあたる。なかでも今回、わたしが好きだと思ったのは、グッキーがあらわれたときの、かれらのびびりっぷりだった。テレポーテーションで一メートル大のネズミが目の前に出現すれば、驚いて当然である。何千年後でも、宇宙人であっても、やっぱりそこ、びっくりするよね、というのは、共感するし、うれしくなる。この回だけにしか登場しないキャラクターを、こんなふうに生き生きと描きだしてくれるドイツ語版の作家は素晴らしいと思うし、それを日本語にうつしかえていけるのは、楽しく、やりがいのある作業だった。

　さて、もうすこし紙面を埋めなければならないので、ほかの出版社ではあるが、休んでいたあいだに出た訳書の話をさせていただきたい。『ベルリン　１９２８-１９３３――黄金の２０年代からナチス政権の誕生まで』というタイトルの、米国のコミック作家ジェイソン・リューツが描いたグラフィックノベルである。タイトルがすべてを語っているような気がするが、黄金の二十年代と言われるモダンな文化の全盛期にあった一九二八年から、世界恐慌を経てヒトラーが首相に就任する一九三三年までのベルリンを舞台にした、五百九十二ページの歴史大作だ。リューツはこの作品の制作に二十二年の歳月をかけたというが、それも納得の緻密さで当時の事物が描かれている。

　内容については出版社（パンローリング）のサイトに詳しく、電子書籍版にいたっては百五十ページほども試し読みができてしまうので、そちらをご覧いただきたい。ドイツ帝国時代には貴族だった富裕層から、ホームレスにいたるまで、じつにさまざまな階層の人々の暮らしがリアルに活写された群像劇である。この作品にも、なにか特別なものをそなえているわけではない、けれど魅力的なキャラクターがたくさん登場する。わたしはつくづく、このような物語が好きだと思う。

ところで、このグラフィックノベルのなかに、決してお気に入りというわけではないが、折に触れて思いだしてしまう人物がいる。失業中で、シングルファーザーとなり、幼いふたりの子どもとともに突撃隊の詰所で暮らす、ナチ党員のことだ。ヒトラーが首相に就任するよりも前の時代に、みずから進んでナチ党員になるなど、とてもほめられたものではない。共感もできない。だがもし、仕事がない、お金もない、住むところもなく、子どもたちはおなかをすかせている……そのような状況で、手をさしのべてくれる存在がナチ党以外になかったのだとしたら。ほんとうに、その手を払いのけることができるだろうかと、考えてしまうのだ。

どれほどおなかをすかせていても、祈ってみても、食べ物は空から降ってきたりはしない。子どもたちに十分な食べ物を、安心して眠れる家を、そう願うのは当然のことだ。いま、日本をふくめて世界中で、不安な時間を過ごしている子どもたちが、そしてその保護者の方々が、大勢いるのだと思う。それでもせめて、本書が出版されるころには、ガザの状況がすこしでもよくなっていますようにと、願っている。

無常の月
ザ・ベスト・オブ・ラリイ・ニーヴン

Inconstant Moon and Other Stories

ラリイ・ニーヴン
小隅 黎・伊藤典夫訳

〔ヒューゴー賞受賞〕突如地球を襲った未曾有の大災害をスリリングに描いた傑作「無常の月」をはじめ、未来史〈ノウンスペース〉シリーズに属する「中性子星」「帝国の遺物」「太陽系《ソル》辺境空域」、火星を舞台にした「ホール・マン」など、ハードSFの巨匠の全七篇を収録した日本オリジナル傑作選。　解説／堺三保

ハヤカワ文庫

中継ステーション〈新訳版〉

Way Station

クリフォード・D・シマック

山田順子訳

〈ヒューゴー賞受賞〉アメリカ中西部のごくふつうの農家にしか見えない一軒家は、じつは銀河の星々を結ぶ中継ステーションだった。その農家で孤独に暮らす元北軍兵士イーノック・ウォレスは、百年のあいだステーションの管理人をつとめてきたが、その存在を怪しむＣＩＡが調査を開始していた⁉　解説／森下一仁

訳者略歴　1970年生, 九州大学大学院農学研究科修士課程修了, 独日・英日翻訳者　訳書『焦点のビッグ・プラネット』フランシス&エーヴェルス（早川書房),『ベルリン 1928-1933――黄金の20年代からナチス政権の誕生まで』リューツ他多数

HM=Hayakawa Mystery
SF=Science Fiction
JA=Japanese Author
NV=Novel
NF=Nonfiction
FT=Fantasy

宇宙英雄ローダン・シリーズ〈704〉

サトラングの隠者《いんじゃ》

〈SF2428〉

二〇二四年一月　十日　印刷
二〇二四年一月十五日　発行

（定価はカバーに表示してあります）

著者　クラーク・ダールトン　エルンスト・ヴルチェク
訳者　鵜《う》田《だ》良《よし》江《え》
発行者　早川　浩
発行所　株式会社　早川書房
郵便番号　一〇一－〇〇四六
東京都千代田区神田多町二ノ二
電話　〇三－三二五二－三一一一
振替　〇〇一六〇－三－四七七九九
https://www.hayakawa-online.co.jp

乱丁・落丁本は小社制作部宛お送り下さい。
送料小社負担にてお取りかえいたします。

印刷・信毎書籍印刷株式会社　製本・株式会社明光社
Printed and bound in Japan
ISBN978-4-15-012428-1 C0197